冰心

儿童图书奖获奖作家作品

你是一条船

品味人间亲情　感知世间冷暖
点燃生活激情　实现文学梦想

凌鼎年·编

成都时代出版社
CHENGDU TIMES PRESS

图书在版编目（CIP）数据

你是一条船 / 凌鼎年编．-- 成都：成都时代出版社，2014.9（2018.5 重印）

（冰心儿童图书奖获奖作家作品）

ISBN 978-7-5464-1283-2

Ⅰ．①你… Ⅱ．①凌… Ⅲ．①小小说 – 小说集 – 中国 – 当代 Ⅳ．① I247.8

中国版本图书馆 CIP 数据核字 (2014) 第 226478 号

你是一条船

NI SHI YITIAO CHUAN

凌鼎年　编

出 品 人　石碧川
责任编辑　李卫平
责任校对　张　巧
装帧设计　欧阳永华
责任印制　唐莹莹

出版发行　成都时代出版社
电　　话　（028）86621237（编辑部）
　　　　　（028）86615250（发行部）
网　　址　www.chengdusd.com
印　　刷　北京一鑫印务有限责任公司
规　　格　710mm × 1000mm　1/16
印　　张　12
字　　数　220 千
版　　次　2014 年 11 月第 1 版
印　　次　2018 年 5 月第 2 次印刷
书　　号　ISBN 978-7-5464-1283-2
定　　价　23.80 元

目　录

宗利华卷

马新亭卷

何葆国卷

杨海林卷

宗利华卷

宗利华，山东省作家协会会员、郑州小小说学会副会长，中国小小说“金麻雀”奖获得者，2009年获冰心儿童图书奖。迄今已发表作品100余万字，100余篇作品被《小说选刊》《小小说选刊》《新华文摘》《读者》《青年文摘》《青年博览》《作家文摘》等报刊转载，100余篇作品入选《当代小小说名家珍藏》《中国当代小小说排行榜》《中国小说学会年选》等50余种权威选本，出版小小说作品集《越位》《皮影王》《租个儿子过年》3部，发表长篇小说《末代丐帮》《惊梦伊甸园》2部。

感觉一只青蛙

——每个夜晚来临的时候，孤独总伴我左右。

这句歌词不经意就带给正在驾车的美惠一阵感动。美惠登时觉得眼角潮润。同时，敏感地察觉车子颤动一下。她马上警告自己，不许再分心了！

在一个漆黑的夜里，行驶在扭曲如肠的山路上，路侧是黑魆魆的山谷，而且春雨迷蒙，怎么能够分心呢？她长长叹了口气，顺手取过一支烟来点上，摇下玻璃，将那口烟喷向暗夜时，一股湿漉的春天气息钻进车子来。

美惠把车速放慢，像是在雨中漫步。雨似乎愈加急促。两道车灯上散着白花花的光。地面上，缥缈的烟雾氤氲地浮起来。

拐过一个弯道，美惠的眼前却突然一闪。她的视野里蹦跳进一团生机。

那是一只美丽的青蛙！带着惊蛰过后潮湿的泥土气息，突兀地闯入美惠的思维。

美惠转动方向盘的念头是猛地出现的。她当然不会允许自己的车从那个小动物的身上碾过去。就在那一瞬，她觉得右前轮突然下沉！车子继续前滑，便如同飞翔在空中的鸟儿。那只青蛙的影子在美惠视线内清晰一闪。然后，她就陷入那个漫长而又美丽的下坠过程。

那个过程中，美惠似乎非常清醒，又像是一派模糊。仿佛是一个梦，恍惚间又不像。四周转瞬人声喧哗，却又一片漆黑。朦胧中，她感到自己躺在一个温暖的怀抱里。周围弥漫着一股清新湿漉的气味。看到那只青蛙的时候，鼻子里钻入的就是那种气味。有一瞬，她是清醒的。尽管眼前什么都看不到，但她能够感受来自身体某个部位的疼痛。但当她疼痛时，总有一只大手悄然抚摸着疼痛的位置。那尖锐的疼痛于是变得舒缓，变得若有若无。

美惠想说话，想知道自己在哪里，却无能为力。她在一个神秘的领域莫名其妙地游荡。

我在哪里？终有一天，她清晰地听到自己的声音。

你醒来了！有人说。这时，她才感到自己的手被一双大手紧紧握着。

你是谁？她再问。我在哪里？

在医院，你已昏迷好几天了。那个声音充满磁性，是个年轻男子。此时，他似乎俯下身来，那股熟悉怪异的气息再一次沁入美惠的身体。

那么，告诉我，你是谁？

一个等你很久的陌生人。

这话让美惠怦然心动！但美惠的眼睛被绷带缠得紧紧的，她看不到男子的面庞。她的嘴唇动了动，马上就有根吸管递到嘴边。果汁沿着喉咙渗入腑脏的时候，美惠觉得自己像一棵即将干死的小树，缓缓地苏醒过来。

有一刻，她听到一个小护士的声音，你好福气，瞧这个小伙子多么疼你。她脸上顿时一热。护士走开，她把自己的小手软软地放进另一只手里，谁也不说话。但她感觉到了那男子的心在突突跳动。

就在那一瞬，美惠知道，自己现在一刻也离不开那个男子了。

可是，我看不到你呀。那天，她说。我多想看看你的眼睛。

你会看到一切的。男子语气里却含了一丝忧郁。

一天上午，男子突然幽幽地说，你就要能看见东西了。美惠非常高兴。她完全没注意男子的语气。她在想，我终于可以看见他的样子了。

她果然很快就能看到了。大夫给她拆开绷带后，她第一句话就问，他呢？

大夫眼睛里满是惊疑，哪个他？这病房里一直就你一个人。

可那个陪我的男人呢？

几个大夫面面相觑，从头到尾都没有人陪你的呀！我们大家还觉得你肯定很孤独。

美惠在医院的角角落落疯狂地寻找了三天，没找到。

现在，美惠从方向盘上抬起头来，脸上，早就满是泪水了。

车子停在路的中央。雨似乎早就停了。或者，根本就没下雨。

美惠恍惚间觉得自己已经下车了，她在那段路上四处寻找。路面上空空如也，那只青蛙的影子早不见了。她又往路边看了看，路边的断崖下，草木蓊郁，丝毫也没有曾经坠车的痕迹。

美惠再一次，或者也许是第一次，走出车门。她抬头看着漆黑的天空，鼻子里异常清晰地钻进那股清新而又润湿的气息。

她忍不住狠狠地呼吸着，直到再次泪流满面。

匪　丐

土匪洗劫小镇，先派人踩点。这些人不但心狠胆大，当然还出奇聪明。明白知己知彼，方能百战不殆。还有另一条路，就是发展内线。他们叫“钩子”。做“钩子”，有好处费，但得昧良心。毕竟吃里爬外，类似于汉奸。同时还有危险，土匪们的规矩太难捉摸。据说，他们从来不发展“钩子”成为新土匪，只管他们叫“贼里不要”。收买人为自己做事，又从骨子里瞧不起这勾当。还有更狠的匪帮，洗劫过后，把钩子名单贴在墙上，让镇上人修理他们。

和土匪打交道，哪有道理可讲?

这天，小镇上出现个年轻货郎，一上石板小街，就亮出高嗓门：“各号的针，各色的线，小媳妇使的梳子，小孩子玩的琉璃蛋儿喽——”

在农村，这种人生意好，小镇上就不大能看到。镇上人，有城镇居民自我优越感，多是去铺子里购物的。但镇上人不排外，不会打击小货郎。所以，他转得很欢实，胡同旮旯都溜达。这一圈，溜去他两三天。

第三天下午，货郎遇到乞丐张四。

张四在镇上算是名人。小镇上干什么的都有，还能少了要饭的？张四这人力气有，但懒，什么也不做，乐得当“伸手大将军”。偏他脾气倔，思想里有一种跟他身份不符的不服气。比如，大家伙儿喊他张三，他不乐意，说我叫张四。有痞子跟他较劲儿说，喊你张三就张三！你个要饭的，自己能说了算？他反驳，我自己名儿，会让你说了算？结果，被人揍得脸肿。再问，他还是张四。其实，他不过是有抬杠癖。知道他这点，大家觉得烦，专找他抬杠，好处是一句句顶起来，可以假装生气，抬手给他一巴掌，然后高兴了，塞给他一块馒头。他伸着手接过。彼此，就都满足了。

但货郎不了解。他被张四拦住，一瞧是个要饭的，眼皮就耷拉下来。张四伸出黑手，抄起一面小镜子，远距离打量自己的乱发。那动作多少带点挑衅，有点欺负外乡人的念头。

毕竟，他也算是生活在小镇上的人。

货郎眼睛里有亮光一闪，不买就放下！

卖东西不许别人挑吗？难道我非买不成？

货郎眉头一皱，你叫什么？

张四。

货郎点头，这镜子送给你，因为你叫张四。

张四握着镜子，呆愣半天。第一次为自己名字骄傲。接着想，假如把小镜子送与那寡妇，她肯定会赏个笑脸。她笑起来好看，但她从没对自己笑过。

当晚，张四却从梦中惊醒。草棚外乱作一片，似乎还夹杂着枪声。他想去瞧热闹，又怕子弹不长眼睛。后半夜，嘈杂声渐小。他才小心翼翼钻出来。街上很黑，似乎到处是人。他注意到，有些是小镇自卫队队员，一个个脚步凌乱。一户店铺前，倒是有灯亮，有人坐在地上号啕大哭。张四好半天才弄明白，原来，土匪来过！

张四暗骂，活该！

那店铺老板曾打过他耳光。

忽见另一圈人围在一面墙前，挑着灯笼在看。张四凑过脸去，原来是一张纸，上面列有名单。他还想仔细看，一个小伙子转脸说，这不是张四么？所有人转身过来，要拿他！张四恍然清醒。土匪给“钩子”贴大字报，他有所耳闻。这时喊冤也不行了，让人逮住，会被乱棍打死。幸亏他练就一副好腿脚，居然趁着黑夜，钻街串巷，逃出小镇。

天亮，张四发现自己跑进山里，找不到路了。正四处找寻，突然，被人掀翻在地，不由分说，堵嘴巴，蒙眼睛，两人架起他胳膊，走了半天，才扑通一声，扔在地上。张四第一眼先看到一个大胡子，恶狠狠盯着他。再一转脸，居然见那个货郎，笑嘻嘻地看着他，要饭的，你真是命大，他们没来得及收拾你？

张四眨巴眨巴眼睛，恍然大悟！

他钻到匪窝来啦！

你跟来这里干吗？想当土匪？大胡子问。

张四脑子转得也不慢。他连连点头。但接下来，马上就傻了眼！大胡子嘿嘿一笑，拿着这把刀，把你左手上，最小的那根手指头，切下半截来！

张四握着那刀，哆嗦着比划一下手指。

那刀当啷一声，掉到石头上。

周围立刻响起一串狂笑。

大胡子一脚踢翻他，就你他妈这胆量，还想当土匪？他摆摆手，转身就走。又两个人过来，架起张四，来到两块大石间，把他两条腿箕开架在上面。张四恐惧，大叫，你们干吗？两个土匪并不说话，只笑。他俩抬起一块石头，越抬越高，相视一笑，嘴里喊，一，二，三！

张四瞪大眼睛，看着那大石头，冲自己的腿落下来！

好多年过去，镇上忽然爬来一个乞丐，浑身上下没一处干净地方，脸上除了眼白，一片苍黑。有一天，他爬到一个老寡妇门前。寡妇赏给他一碗剩粥。他接过去，喝完没有走的意思，却从怀里掏出面小镜子递给她。

寡妇厌恶地皱起眉头。

乞丐说，你不记得我啦？我是张四啊。他还悄声说，我做过土匪呢，你信不信？

寡妇骂一句，神经病！一转身，哐当一声把门带上。

秋 风 起

窗外，有棵梧桐树。树上一片叶子已然枯黄。昨日午后，经风一吹，叶柄突然从枝条脱裂。当时，他顿生感叹，秋风萧瑟啊！早上一睁眼，他就先起身去看那片残叶，却见它已经垂落下来，与枝条的连接仅有一丝。他紧盯着它，忽而有了同病相怜的意味。叶片一摇一晃，忽然断开。他甚至清晰地听到那“啪”的一声哀乐。那枯叶一夜未落，莫非只为了等他？他从窗棂忽地探出手去，试图迎接它的坠落。可是，那叶子沿着离手指不远的线路，滑下去了。

他张了张嘴，沉默。

宣判一结束，他就再也没有话了。

实际上，也无人可说。

他给过好处的，给他好处的，此时，一个个唯恐躲之不及。女人们呢，本来如过眼烟云，自然早作了鸟兽散。他这一倒，真就应了那句话，纸里包不得火！钱，自然一笔一笔对起账来。还有来历不明的。几百万哪！女人，也一个个闪亮登场。他可没料到，这次灾难的序幕，就是由女人拉开的。因此，老婆孩子不来，他也不能责怪。

白茫茫一片真干净！

他坐在那里发呆，暗想自己这辈子，真算得上一桌满汉全席，丰盛无比。讨饭、十年攻读、官场厮杀、扶摇直上、香车美女，最后，身陷囹圄。

嘿，从另个角度讲，是不是也算值了？

“七号，有人来看你。”

他照例对号码没感应，等醒悟过来，一下抬头，张大嘴巴！谁会来看我？老婆？要是她，还真算一日夫妻百日恩呢！儿子？那小子在国外，只知道打电话要钱，想也别想。情人中的一个？还惦记着一段露水感情的，能有谁呢？患难见知己，莫非要印证一下？

这一路，心里真是翻江倒海呢！但依然是闷葫芦。

他禁不住自嘲，这一生，居然没个可掏心窝子信赖的人！

会客室的门打开，他站在门口，一下呆住！

是白发苍苍的母亲！

空气在那一瞬凝固。他甚至想转身逃走！

有多久没见到母亲了？她怎么来的？她一直住在乡下啊！

母亲看到儿子，站起身，又伸手摁住桌子支撑身体。

目光却一刻也没离开儿子。

他在母亲对面坐下，不知从何说起。眼里，已经满是泪。

母亲趺趺撞撞靠近，嘴唇翕动着。

突然，伸手给了他一巴掌！

他的腮上，像是被树枝子划过。长这么大，第一次挨母亲的打。母亲打完，枯枝般的手顿在半空，又慢慢垂下，轻轻抚摸一下打过的地方。

母亲一句话也不说，慢慢转身，捡起墙角的拐棍，向外晃去。

他呆愣着，母亲千里迢迢来，就为这一巴掌？就在母亲即将踏出门口的时候，他突然喊出那个字："娘！"

母亲站住！

母亲慢慢回身，看到跪在地上的儿子。

她走回来，坐下，歇息一会儿，开口说话："儿啊！我是黄土埋到脖子的人啦！说不出个大道理。外面的事，你懂。这些年，我在家就盼着一件事，你啥时候能回来看看娘，咱拉拉家长里短。没想到，盼着盼着，盼到这里来了。"

是啊，整天的忙，都忙些什么呢？

"还记得那年，咱要饭那事吧？我抱着你妹妹，你在后头跟着。"

他点点头。

"那你知道，咱家为啥是那年春上最先出去要饭的？"

他摇摇头。

“那年月，过了年一开春，谁家的口粮有剩余啊？哪家孩子出来，都干巴得跟猴子似的。头年攒下的一点儿地瓜叶，早就没了。全队的人眼巴巴地盯着一个地方，就是村口的地瓜坑！每年，不都畦地瓜芽吗？等一茬一茬把瓜芽拔完，埋在沙土里生过芽的地瓜，都要分的。”

他眼前出现那种景象，生产队的地瓜炕边，挤满了人。到处飘逸着地瓜香味，甜丝丝的。

“那年，把地瓜挖出来，除了烂的，按人口分，正好一人一个。咱家五口人，分五个。你爹去领的，五个地瓜装在个篮子里，挎着往家走。他千不该万不该，去队长家的院子里落落脚，说是会计少给他算了工分。一转眼工夫，那篮子就空了！明明吃了哑巴亏，可人家是队长，你又没抓住人家手腕子。你爹就那么空着手回来了。你跟妹妹那时候还小，早就眼巴巴地盼着，一看你爹空着手，都哭起来。”

他笑了：“是啊，我想起来了。”

母亲也微笑：“没办法，一家人饿得眼前冒花。我跟你爹说，你怕丢人，我不怕！脸皮能填饱肚子？我们去要饭！”他轻轻挽起裤腿：“娘，你看，那时候被狗咬的。”母亲伸手，颤巍巍俯下身子，在那伤疤上摩挲着。

“你想想，那时候，日子多么苦啊！还不是一步一步走过来了？人哪，千万得记住一条，不是自家的东西，不能拿啊！拿了，就是伤天害理。”

母子二人，一起沉默。

好半天，他悄声问：“娘，我托人捎回去的东西，你收到了吧？”

母亲笑了：“儿啊，娘这次把那笔钱捎来，全都上交了。我知道，那钱咱不能花！”说完，母亲站起来，擦擦眼角，转身，蹒跚着向外走去。

设计一座茅草屋

朵儿感觉自己迷了路。

起初，朵儿一点都不着急。进深山时，她就考虑过了。她对自己说，开到哪儿算哪儿，反正车能开的路，总有尽头的。可现在，驾车整整半个下午，太阳都快要落山了，还是找不到出山的路。最后，她发出一声惊叫！原来，几个小时前曾经出现过的一块巨大的像人体模样的石头，又出现在路边。

朵儿下了车，稍稍有点担忧。因为，天要黑了。她没有一个人在荒郊野外过夜的经历。尽管，那想象起来充满刺激。现在，她却开始后悔一时冲动，驾车远离都市。

看来，得在车里过夜了。她想。

于是，朵儿索性不再继续前行，她钻进车里，打开音响，让柔缓的曲子悄然抚摸她疲惫的身体。在那一瞬，她甚至感到非常惬意。多么清静的地方啊！吃过半个汉堡，喝点水，夜幕也便降临。朵儿将车门紧闭，躺下来。但没多久，周围陷入一片漆黑宁静时，那种常伴她左右的孤独感如约而至。人总是害怕孤独夜晚的。朵儿缩在车里，一动不动。那丝无依无靠的感觉针尖一样扎刺着她的神经。有一刻，她甚至想冲出去，深深呼吸一口山里的空气。

就在那时，她的目光悄然瞥向窗外，不由浑身一震！

她看到遥远的地方有一丝光亮！这怎么可能？在密林深处，居然有灯光！

她迅速加上一件衣服，拿出手电筒，关紧车门，开始向那团亮光走去。

对朵儿来说，那是段艰难的寻找历程。其实地面上没有路，到处是荆棘丛。

如果没有那或明或暗的灯光，朵儿肯定不敢在这种地方前行。灯光给了她力量，促使她攀上那道山坡，钻入一片密林。不一会儿，叶片及草丛上的露珠，便悄然打湿她的衣服和披肩的黑发。

山里彻骨的寒冷也渐渐笼罩住她的全身。

再走，那团温馨的光愈加清晰。

她的心怦怦直跳，因为惊喜，或者害怕。

但她却没有犹豫，直冲那亮光走去。

一座茅草屋的影子终于出现了。亮光就是从门口发出来的。站在门口，朵儿稍稍停顿，浑身却颤抖起来，连牙齿都抖出了声响。一个高大男人的身影出现了，他悄无声息地伸出一只手。那手在光的映照下，修长，且富有质感。朵儿迟疑地伸过手去，分明地捕捉到一股温暖。那丝温暖很快让她不再哆嗦，不由自主就走进了屋。

门口靠右的地方，正旺旺地燃了一团火，炉上架着一只精巧的瓷罐，里面似乎正温着酒，空气里弥漫着一股浓郁的香味，地面上却铺满柔软的干草。男子不说话，却把朵儿轻轻引到炉火前坐下，用一柄长勺舀了一点酒，递到朵儿嘴边。朵儿说不出话来，轻抿一口，随着一股清新的松子香味沁入心扉，身上的寒气也渐渐消失。

男子一袭白衣，脸上棱角分明，两只眼睛却柔和温暖异常。

定下神来，朵儿刚要说，我迷了路！男子摆手制止。他说，我已等你好久。你终于来了。朵儿注视着男子，点点头。嗯，我来了。

他们一边缓缓喝着酒，一边进行交谈。朵儿从来没有这么舒畅地和一个陌生男子聊天。她觉得心里酣畅无比。炉火映得两人面庞通红。朵儿在那段时间里多次发出开心的笑声。有一瞬，两人目光不经意相撞，就再没挪开。朵儿听到自己轻叹一声，就闭上眼睛，偎进那个温暖的怀抱。接下来，既顺理成章，又让朵儿感到不可思议，脸色绯红的朵儿，把自己的身体放心地交给了那个男子。

清晨的阳光穿透了窗子，朵儿一下醒来。

她发现自己躺在车里，于是，怀疑自己做了一场梦，但猛地又发现那不是梦。因为，她身上盖着一件白色上衣！

于是，她疯狂下车，开始沿着昨晚的路线往山上跑。那片小树林里，自己的脚印清晰可见。树叶哗哗地向身后闪过去。那座茅草屋终于出现了！可是，朵儿的脚步在小院子里一下停住！她发现那是座破败不堪的草屋，屋顶的乱草快要塌陷下来，屋里脏乱不堪，空无一物。竟是许久无人居住的样子！

朵儿以为自己走错了。

可是，在茅屋一角，她看见自己的手电筒静静地躺在那里。

朵儿浑身打个冷战，惊恐地四处观望。可什么都没看到，或者听到。最后，她加快脚步，奔回自己的汽车。钻进车里，稍稍平息，才发动了车。这次，她毫不费力就冲出大山，奔上去城里的公路。

许多天后，朵儿觉得浑身无力，而且，呕吐不止。于是去医院查了一下。

年轻女医生灿烂地笑着，说，恭喜你，太太，你要做妈妈了。

秋　菊

桓台县城所在地，叫索镇。城中心有一少海公园。公园西北角，人工挖出一湖，湖边苇草纵横。所挖之土自然形成一座小山。园林设计者取其走势，设石凳，铺石级，起楼阁，宛然成一小岛。由于地处幽静，景色宜人，因此，每至夏夜，成双成对者，比比皆是。

老耿系一建筑公司老总。由于累债逼身，越想越走投无路，遂带一巨瓶安眠药，在一个深秋夜晚，驾车出门，最后确定公园小山顶的一处凉亭为最佳自杀地点。他黯然神伤行至山顶，回过头，目睹满城灯火，突然泪流两行。良久，他掏出手机，打算跟一情人告别。然响了半天，接电话的却是一男人。老耿一惊！问对方是谁？对方反问他是谁。僵持半天，彼此挂掉。老耿益发觉得世态炎凉。遂叹口气，左手倒水，右手倒安眠药，一边喉结在动，一边呜咽成声。服完后，老耿正想将水瓶扔到山下，犹豫一下，又转回身，轻轻放进一边的垃圾桶内。迷迷糊糊中，老耿听到一声叹息。

醒来，却发现在医院里。医生告诉他，是一女子驾车将他送来的。

住院期间，老耿孤身一人。年龄小他数岁的妻子，一次也未出现。老耿常紧咬被角，欲哭无泪。倒有一朋友来看他，几句场面话说完，却说："你开的那车，还值几个钱，不如先抵给我吧？"老耿看他半天，嘿地一笑，把车钥匙递给他。

出院后，讨债电话不断，老耿索性关了机。他乘公交车来到市区张店。走到一大厦前，一个没有双腿的乞丐，伸一个破碗冲着他笑。老耿将钱包拿出来，想也没想就放在碗里。来到大厦顶层，老耿俯视下去，但见往来车辆如虫，行人如蚁。老耿闭上眼睛，纵身一跳！

但这只大鸟被几根电线嘭地弹了一下，又莫名其妙遇到一个探出的广告牌，穿行而过，居然是一堆杂乱无章的电线！后来，消防队员来把老耿从电线里拉出来。

坐在医院的躺椅上，老耿的手机响。一条短信："你打算什么时候死第三次？"老耿呼地一下站起来，突然意识到手机早在一周前就欠费停机，而且，已好几天没开机。他回道："你是谁？干吗要救我？"

"我叫秋菊。我救你是一时心血来潮。"

"你救不了我。"

"那不行，我既然救你，你就不能死。"

老耿哧地一声笑，"你在哪儿？我想见到你。"

"我很丑，会吓着你。"

"我不在乎。"

"我就在门口。"

老耿跑出乱糟糟的医院大厅，在门口看到一个满脸雀斑胖胖的中年妇女，冲他微笑："我就是秋菊。"老耿一愣，然后也笑了。女人问："是不是很失望啊？"

"怎么会呢？我很感激你，可你不该救我。"

"为这点债务，就不想活啦，还像个男人？"

老耿无语。

"一年之后，你所有债务都会还清。"

老耿眼睛一亮："真的？"

回家后，老耿与妻子离婚。此后，他的建筑公司生意如有神助，接连做了几个大楼盘。一年后的一天，老耿给女人打电话："嫁给我好吗？"

"我这么丑，你不嫌弃吗？"

"你比所有女人都漂亮。"

以老耿的意思，他要大张旗鼓迎娶秋菊。秋菊不愿意。秋菊说："我在第一次见你的地方等你，你骑自行车来接我。"老耿骑着一辆哗啦哗啦响的自行车，去少海公园山上的凉亭，接回了他的新娘。秋菊嫁给老耿后，一心一意做家庭妇女。从乡下接来公婆，伺候老耿的一双儿女，把老耿收拾得光光鲜鲜。老耿家里无牵挂，生意上更日见起色。

突有一天，秋菊面带愁容。老耿询问半天，她才说："我既老，又丑。你已经对我厌倦了。"

"怎么这么说呢？"老耿反问。

"今天你在办公室干的事，让我很伤心。"

老耿立刻冒出一身冷汗，原来办公室新招来一漂亮女大学生。上午，老耿一见到她，就眼睛一亮。女孩及时地捕捉到老耿的眼光，俩人对视半天。

"难道我连看别的女人一眼也不行？"

"老耿，你骗得了天下女人，可骗不了我。明天中午，她会主动敲你的门。"

果然，次日中午，老耿正在卧室午休，有人敲门。老耿六神无主，只觉得秋菊坐在沙发上笑眯眯地看他。但老耿还是问："谁呀？"

女孩的声音："老板，是我。"

老耿仰面向天，半天才说："我睡了。上班后再来吧。"

自此，老耿总感觉自己一举一动都在秋菊视线之下。他越想越觉得恐怖。这女人到底是鬼啊还是狐仙？

突然，一个念头蹦出来，把他吓了一跳！

就在那天晚上，老耿回到家，每个房间都找不到人。最后来到卧室，视线突然被墙上的结婚照吸引过去。照片上，他身边的秋菊完全变了样子，居然是办公室刚来的那个女孩！他正在端详，手机响起，秋菊的短信："我万万没想到，你居然想杀死我！"

从那以后，秋菊再也没有出现在老耿的视线里。

一年后的一天，警方在少海公园的山顶凉亭发现了老耿的尸体。一名警察边翻看老耿的手机边说："咦？秋菊是谁？老耿的老婆不是叫安美丽吗？"另一个警察说："这年头，哪个大老板没几个情人？"

爱　情　谷

有一次，回老家过年。俺村的书记兴许觉得老宗算个人物，叫几个班子成员凑齐了喝酒。三杯酒下肚，老宗老毛病就犯，开始忽悠："你得想办法搞旅游！"书记眼睛一亮："你与我不谋而合！"

原来，书记正想开发村后头那道山沟。

"叫爱情谷，咋样？"书记红着眼看老宗。

老宗一拍桌子："这名字好啊！"谁说村里人没文化？

"兄弟，你说，现在城里人缺什么？"老宗摇摇头："不知道。"

"城里人，看上去什么都不缺。物质？文化？不缺！缺什么，缺爱情！"

书记话音未落，妇女主任抿嘴低头一笑。

老宗简直要五体投地！

书记这话对极啦！

村主任此时一脸庄重："我看这事，得找个文化人来捣鼓一下，拿个方案。"书记大手一挥："不用！文化人的肚子里不是酸水，就是坏水，搞歪门邪道有一套，办正事没一个行的。咱自己弄！"

老宗到嘴边的话，被硬生生地噎回去了！

"要干就干大的！既然叫爱情谷，咱就把所有出名的情人，都弄到这条沟里！比如，贾宝玉、林黛玉、梁山伯、祝英台。"

妇女主任插话："杨过、小龙女。"

会计一本正经，突然说："我琢磨着，还得加上你跟咱书记。"

妇女主任在会计大腿上狠劲儿拧一把，会计笑得脸都扭曲了，书记指着他的鼻子，也笑："你个熊孩子！"

出纳是个小闺女，村主任未来的儿媳，红了脸："俺觉得既然这么大个创意，就连国外的也要，还有，罗密欧与朱丽叶。"

书记笑问一句："什么，欧叶？"小丫头重复了一次。书记眯缝着眼看村主任："你这媳妇有文化！她这一说，思路更加开阔。"他两只大手一比划，"就分两块，一块国外的，一块国内的。"

村主任说："你们说的这些人，用木头还是用石头做？"

书记说："你个老土！得用蜡像。"

会计这次正经了："得花不少钱哪！"

"鼠目寸光！不花钱咋挣钱？"书记说，"下一步，咱卖地，卖山林，北面那一坡石头，那不是钱吗？钱不成问题，关键是胆量！"

本以为这帮人闹着玩，没想到这事居然成啦！那道山沟沟，还真就成了爱情谷！几个写诗的男女，听说老宗老家有如此风情，非要去看看。

结果，大开眼界。

一进山沟，就见一个巨大树桩，上书"爱情谷"三个张扬大字。村主任的手笔。村主任前些年写春联，拿集上去卖，据说赚了不少银子。那字儿写得，乌黑乌黑的，很讨人喜欢。

村主任的准儿媳妇做导游。一进门，她先指指左边："那就是罗密欧和朱丽叶。你们看，朱丽叶在窗子里头，罗密欧趴在外头。唉，一对有情人，执手相看泪眼，竟无语凝噎——"论辈分，这丫头得喊老宗叔。她情绪转得倒快，突然说："叔，你抬头看两面坡上，这边是牛郎，那边是织女。"

老宗连连点头："杏儿，你去忙你的，我们自已逛。"

迎面一座四合院，门口俩人，一老一小，老的伸手指点门额上"荣国府"三个烫金字儿。老宗当然知道，是刘姥姥跟她孙子板儿。入内，前左右三面都是门口，先进正中间，贾府的几个老爷们端坐在那里，一个个却也可爱。

刚要退出，突然一阵美妙的曲子缭绕在耳边，"好一朵美丽的茉莉花！好一朵美丽的茉莉花！"循声找去，原来是妙玉在左边屋里！妙玉一袭尼装，做焚香状。她脚底前方摆着一台小型录音机，那茉莉花之曲，正从那里发出来。

拾级而上，又一处院落，却有黄梅戏缠缠绕绕：“树上的鸟儿成双对，绿水青山带笑颜。”迈步过去，左边屋里宝玉、宝钗正在拜天地。右边一间却有一白衣美女侧卧床畔，眼见得奄奄一息，正是那可怜的林妹妹！

黛玉床头，同样的录音机，正大声歌唱《天仙配》。

你想，这音乐响在黛玉房里，其创意是不是惊天地泣鬼神？老宗正在感叹，一扭头，诗人们已不见踪影。恍然顿悟，这帮人醉翁之意不在酒也！

峰回路转，突见两人立在一个凉亭上，指指点点，似乎在吆喝：“老宗，你也来啦！”果然是梁山伯与祝英台！

再往里走，似乎已到尽头，小路左拐上山，半坡有一指示牌——“梁祝学堂”，是山下那两人同窗共读的地方，那得去看看。老宗怀着极其复杂的心情，站到门口！

“这条件也太差了吧？”老宗一声感慨！

屋子里，两排布满灰尘的桌凳，简直跟老宗上高中时用的一模一样！

来这儿上学的，可都是大款家的孩子，都是缴足学费的啊？

本以为就此下山，顺小道转过去，却意外瞧见一块大石旁有一男子孤零零的背影。此人背一把宝剑，山风袭来，一只袖管兀自空荡荡飘起，身边立了一只雕。老宗已明白他是谁，遂慢慢走过去，轻轻拍他肩膀，杨兄，你姑姑小龙女，还没消息？

杨过不语。老宗亦无言。

那大石上，仍然是村主任的字：绝情谷！

几位诗人山下会合后，笑得前仰后合。

一美女吟道：“是谁在恶搞我们的爱情？”

一男士回答：“莫非是可爱的写小说的老宗？”

老宗并不笑：“诗人们，别以为你们写几首诗，就很有文化。知道这爱情谷一年收入多少钱？说出来吓死你们！自开谷以来，这里游客络绎不绝！而且，都是文化人。”

几个人都好一阵子不说话。

锁　　爷

锁爷其实并不老，看上去老相点，这倒是真的。称其为爷，纯粹是针对他的好手艺。锁爷当然不是造锁的。他开锁。

锁爷有件工作服，很是奇特。据说，是他自己设计的。从前头看，左边雪白，右边漆黑。雪白的区域，用黑丝线绣一把大钥匙。漆黑的地方，则是白丝线绣的一把锁。胸前背后，各有图案，很醒目。锁爷还一直骑着辆旧踏板车，缺少后视镜，没有转向灯，像个葫芦脑袋。排气管子的声音，噗噗噗作响。

嗬！这行头，往大街上一走，想不扯人眼球，也难。

路口上，交警都熟悉他，嘿嘿笑着打招呼，锁爷，换辆车吧！锁爷也乐。锁爷说，这辆就蛮好，蛮好！

锁爷这人基本上没脾气。

但活路倒真的是蛮好。

谁家有健忘的，到家门口，浑身上下摸钥匙。找不到！掏出手机来，打给朋友。朋友往往大着嗓子，找锁爷去啊！一会儿，锁爷就到。锁爷从不让人久等，不管刮风，还是下雨。锁爷噔噔噔上楼，有时额上会渗着汗。手里，则永远只捏一根细铁丝。不熟悉他的，会狐疑，就这个，能行？锁爷不搭腔，把那细铁丝塞进锁孔，闭着眼睛。一挑，再一挑。咔嚓，开了！前后不过三四秒钟！

那人递钱来，内心或许复杂得很，既感激，又不怎么放心。开锁这么简单，那还要锁干吗？锁爷却把手一摆，扭头就走。锁爷从来不收费。

所以，有人就说，这人傻。

他的确是傻。有天晚上，家里闯进一条大汉。脸色冷峻。啪一下，甩个厚厚的信封在桌子上，说，锁爷您只要教我手艺，我会把您当亲爹！锁爷微笑。锁爷说，老头子不缺钱。次日，街上行人见锁爷鼻青脸肿，骑了那辆破车走。但锁爷依旧很开心地笑着。

就这么一个人，说没就没啦！

锁爷死法却也怪。他那细脖子上，有一柄大锁，死死扣着。警察打不开锁，去翻找钥匙，没找到。于是，查找制造商。费好大劲儿，最后确认，那是锁爷自制的。

消息一传出来，谣言四起。

说法一，锁爷系他人所杀。

杀人者家中被盗，损失惨重。警方破案速度慢了点。于是，这人认为，曾给他开过锁的锁爷嫌疑最大。一气之下，就杀了人。但对这谣言，大多数人边听边摇头，锁爷？他，怎么会是那种人？

说法二，锁爷被黑道上人做掉。

锁爷这套瓷器活儿，绝对是发家致富好帮手。就引起黑道密切关注，意欲拉他加盟。锁爷脖子一拧，还那句话，老头子不缺钱！黑道人心狠手辣，谁跟你客气？以其之道，还施彼身。顺手摸过锁爷自制的大锁，咔嚓一下，把他锁上了！想想以前发生的事，这个说法，倒能立住脚。

自然，还有说法三、说法四。

警方却很快就得出结论：锁爷是自杀的！

自杀？怎么可能？那么开朗一个人！

但既然有结论，那就得让锁爷尽快入土为安。

可在这城市里，锁爷一个亲属也没有。问他的老家，街坊邻居都面面相觑，谁也说不准。没有亲属，倒也不算难事。好些个邻居旧友，都跑来，自愿为锁爷处理后事。一个老爷子甚至哆嗦着胡子说，不仅办，还得按规矩办！

锁爷的丧事，果然就办得很体面。院内院外，花圈五颜六色。硬是像把个春天呼啦一声扯进小巷。

不过，倒还有一桩麻烦事——锁爷脖子上那把锁，谁也打不开。你说，哪能让锁爷这个样子到那边去，多受罪啊！

众人想了老多点子。找来好几个牛气哄哄的开锁匠，一个个都低着脑袋出去。那把锁，纹丝不动。一群人围在锁爷身边，无计可施。

这天，忽然打外面走进一个女人。女人嘴上捂着口罩，眼上遮着墨镜，穿一身黑衣。一进门，就扑倒在锁爷身上，放声大哭！众人都傻啦！

还有更让人傻的事！

女人终于停住哭，却拧着身子，从口袋里慢慢取出一把钥匙。女人跪在锁爷身边，俯下身子。嘴里似乎嘟囔一句什么话，大伙儿都没听清。女人左手轻轻托着那把锁，右手捏着那把钥匙，一点，一点，插进锁孔。

像是怕吵醒梦中人。

周围的人，脖子被那把钥匙拉得越来越长。

咔嚓！一个美妙的声响，钻进每个人的耳朵！

那声音响起来时，锁爷的喉管里，似乎发出一道舒畅的呼吸。

女人终于不哭了。

女人痴痴地坐了好久，然后，回过身来，冲着在场的那帮人扑通跪倒。额头碰在坚硬的地板上，砰噔一响！众人都伸伸手，想去搀扶，却又顿住。女人遂起身，慢慢向门外走。走到门口，忽然转过身来，盯看锁爷好一会儿，这才离去。

整理锁爷遗物时，有人从褥子底下“啪嗒”一下甩落一个本子。那人就翻开来看，字迹很清秀，却是日记。大家都围过来，都想揭开一个谜底。一边看，一边摇头叹息。

最后一页，只有一句话：这世上，只有一把锁，让我琢磨一辈子，还是打不开。

相 思 扣

不知何时起，校园里流行起一种新潮饰物。那饰物挂在男孩子的脖子上，是用那种红丝线精心编织而成的，扇坠似的，下面挂着穗子，一摆一摆，好看极了。

他们给它取个很美的名字，叫相思扣。

挂了相思扣的男孩子昂首走在校园里，一个个看上去都很幸福，很自豪。因为，那些相思扣是由一个个聪颖手巧的女孩织就的。一个相思扣，可就系了一个女孩子的心呢！

他的胸前却一直是空空的。他其实也好想用一挂相思扣来填充那空白，以及空虚。然而，他没有，他就是没有。于是，每次他不经意地向别的男孩胸前瞥去的一眼，都是黯然神伤的。

他是从遥远的大山深处走出来的。他的家乡山瘦瘦的，水涩涩的，土地很贫瘠。他心里清楚，自己能够走出那片贫瘠已属不易。他的后背上承载着许许多多，甚至祖祖辈辈期许的目光。那很沉重，很沉重。所以，从一走进大学，他就本能地与那种浪漫保持着距离。他的身影一直出现在教室、图书室、宿舍。似乎不管在何时何地，他手里都捧着一本书。他觉得，浪漫并不属于贫穷。

但，他心里还是想拥有一颗相思扣。

而且，他发现自己不可救药地喜欢上了那个女孩。女孩也是沉默寡言的那种。女孩长得并不出众，甚至，在打扮上没有丝毫新意。他不知道女孩的哪一点打动了他。

有一天下午，他与那个女孩在图书馆悄然相遇。女孩一个人静静地坐在角落里，捧一本书，默默地读。女孩长发及肩，半遮了脸，一束阳光悄然跳跃在女孩的秀发上。

男孩觉得，女孩看书的姿势很好看。

女孩的脸，沐浴在阳光里，她的嘴唇一动，再一动。男孩就悄无声息地看她一眼，再看一眼。

女孩在某个时刻悄然抬起了头。

女孩轻轻甩了一下头发。女孩的头发就在阳光下舞起来。舞得男孩沉浸在一种莫名其妙的状态里，舞得男孩的眼睛定定地瞧着那个方向。女孩随之把头移向窗外。接着，缓缓拧过头来，两个年轻人的目光便碰撞到了一起。

女孩似乎一愣，却没移开目光。男孩一躲，随后，又迎上去。

女孩笑了。

男孩也一笑。

后来，男孩知道那个女孩是另外一个系的。男孩开始做梦了，梦当然美丽无比。有时，男孩醒来了，嘴角兀自还带着一丝笑容。接下来，他开始有意无意地接近那个女孩。在图书室，在校园的大操场上，在绿树成荫的小道上，没人知道，为此他花费了多少心思。每一次碰面他都要进行一番精心策划，装做那是一次偶然相遇。但是，男孩并不会表达自己，每次碰面的那一刻，男孩都会很紧张，他手心里都是汗，他手足无措。一紧张，也就错过了，使自己的心思都付诸流水。

每次，女孩都冲他莞尔一笑，点一下头，过去了。

男孩很生自己的气。他觉得自己真没用。终于有一次，是个很好的机会。男孩发现女孩一个人出现在校园后面的小树林。男孩的心就怦怦跳起来，就迎了她走过去，一边走，一边想着要说的话，一边给自己鼓劲儿，这次你可一定要说出来。

近了。两人就都站住了。男孩突然觉得浑身的血液都沸腾起来。男孩脸涨得通红，看着女孩。女孩微笑，不做声地瞧着他。

男孩终于昂起了头，迎了女孩的目光，悄声问，你会织相思扣吗？

女孩笑了，笑得非常灿烂。那一瞬，在男孩的感觉里，整片小树林都在唱歌。

女孩说，我以前可从没有织过。不过呢，我觉得，那不会很难。

锁　住

拴住给我打电话："哥，锁住受伤啦！你能来一趟吗？"

我正在开会。我们领导正在讲一个黄段子。每周一都得开例会。一开一个上午。会议一般没什么主题。无非是摆摆八卦阵。领导认为，这种会不开，绝对不行的。不开，人心散了，队伍就不好带了。

我压低声音："我这儿开着会呢。"说完，扣了电话。

正领导讲完那个笑话，第一副领导开始讲，说手机上刚发过来的。我们有四个副领导。第一副领导讲完，另外三个开始扒拉手机。

我也扒拉，但我不是看短信，是拴住又打进来了。

"你能不能请个假？锁住他伤得很厉害。"

"伤了哪里？"

"脚啊，整个脚面都没啦！"

我忽地一下子站起来往外跑！

大家都愣了。

领导咋呼："小宗，咋回事啊？"

我刹住车："我表弟受伤了。"

领导说："表弟受伤，你也管？"

我说："他的脚没了。"

领导哦了一声："那你去吧，去吧。"

锁住是我大姨家的，拴住则是我二姨家的，都是表弟。这样，你就明白了我们仨的关系。我是老大，各方面都是老大。不但是年龄，而且我总算有职业。大学毕业后，我就成了个城里人。而他俩，是来城里打工的农民。他们打工的地方，是一家水泥厂。我们仨，锁住最小，兴许还不到十八岁。他学习不行，自己退了学，跟着拴住跑出来混江湖。二姨就这么一个儿子，其他都清一色丫头。所以，宝贝得不行。放在家里干活儿，心疼；出来打工，也不放心。

没想到，出了这种事情。

我赶到医院的时候，锁住已经进了手术室。拴住坐在门口的台阶上，两条腿伸着，歪着脑袋抽烟。我走过去的时候，他站起来，眼里有泪花儿。

“医生说，等不及了，得截肢。”

我说：“谁让截的？截了肢，他以后咋办？”

拴住抽泣着：“那有啥办法？你没看见是啥情况，整个脚面都碎了。”

我原地转了一圈：“咋弄的？你不是和他在一起吗？”

“我休班，在宿舍睡觉。人家来喊我，我才跑去。一看，就吓傻眼啦！他把脚伸到搅拌机里了。”

我也点上支烟，呼哧呼哧地吸。

“咋不早喊我？”

“我吓晕头了，怎么也找不到你的手机号。好不容易查到，你说你开会。”

“你也没说这么厉害呀！你说，这咋办？”

“我知道咋办，还叫你来？这下子，二姨还不得把我骂死，是我把他拉来的。”拴住哭起来。

二姨家没电话，我打了一圈，才找到她村里书记家。二姨半个小时后给我打回来，还没等我说完，我听着那边叮叮当当响起来，估计二姨当时就瘫了。

然后，我开始计算二姨什么时候来。从她那个村下山，得用四十分钟。这是最快速度。那地方自行车也没法骑。如果顺利，刚好赶上车，到县城得一个小时。再顺利，从县城到这座城市五个小时。现在，上午十点多点儿，那么，下午五点左右差不多来了。

二姨是当天夜里十二点左右来的。

就她一个人。

我根本没机会问，她究竟是怎么来的。

那个时候，锁住的左脚已经消失，被切掉了。他处在昏迷状态。

二姨掀开被子看了一眼，一句话也没说，就出了门。我跟拴住对视一眼，随后跟出来。我看到二姨贴着医院的走廊墙壁往前走，拐一个弯，再拐一个弯，又是一个弯。二姨就那么一直走着，走着。好像找不到路。最后，我忍不住，跟了上去。我说："二姨，咱回去。"二姨一只手扶着墙，回过头来，说："怎么到处是人呢？"

我把二姨领到院子里。

二姨蹲在一丛冬青树后，呜呜哭起来。

我准备扶着二姨回去的时候，拴住跑出来。拴住说："快点儿，哥，快点儿，锁住醒了。我一个人弄不了他。"

我们一起往回跑。

锁住把针管给拔了下来，躺在那里，一动不动。我赶紧跑过去看。一看就愣住。锁住把嘴唇给咬破了，满嘴是血。二姨扑过去，抱着锁住。锁住看到二姨，那声哭就像火山一样喷发出来。锁住揽住二姨的脖子，哭："娘啊！娘啊！我的脚呢？谁叫他们切我的脚的？"

我把拴住叫到走廊里。递给他一支烟，打火。他把烟拿牙咬着，双手拢起，凑过来。灯光下，那支烟在抖，手也在抖。那双手，到处是裂纹。

"你们厂领导呢？"

"一个副总过来，签完字走了。"

"弄不好，得跟他们打官司。"

拴住突然又哭起来："跟谁打？这个厂子是私人的。老板在昨天就不见人影儿。他们说，他卷着款跑了。"

我张大嘴巴，半天问："这种厂子，你还待在这里？"

"还有三个月工资没发呢。"

我们吸完那支烟，接着，又吸了好几支。脚底下的烟头，七零八落。这时候，二姨走过来了。二姨问："你知道哪里有卖烧纸的吗？我得去他们厂子里一趟。在他出事的那里，烧点儿纸。顺便，得把他的魂儿叫回来。"

老人与花

老人住在路边一间平房内。平房对着马路。平房后面新起了一幢高楼。阳光一照，很惹眼。老人每次看，都眯起眼睛。看罢，背着那条斑驳的蛇皮袋，一晃一晃，走进屋里。

老人是捡破烂的。蛇皮袋里，盛了酒瓶、易拉罐以及塑料壳、废纸之类。老人回屋，把那些东西“呼啦”一声倒出，然后坐下，一样样分类。分完了，或抽一支烟，或摆上一碟小菜，开启一瓶白酒，倒进酒壶。一例是坐到门口，朝马路望去。路上车多，人也多，嘈嘈杂杂，很乱。但老人乐此不疲，冷冷地瞧。

一天，老人屋里呼啦啦挤满了人。一会儿，又呼啦啦散去。

隔壁修补自行车的老王头扭头问，来干啥的？

老人夹着蛇皮袋，一边走，一边说，相中我这房子啦，要开饭店。

好事啊，这可比你捡破烂挣钱多呀！

老人哼了一声。老人说，天王老子来，我也不租。老人依旧去捡破烂。老王头一边噌噌地摩擦着自行车内胎，嘿地一声笑。这老家伙，倔得跟头牛似的。

一天晚上，老人正在吸吸溜溜喝酒。有两条人影儿忽悠一下闪进屋。老人吓了一跳，细瞧，却是一男一女。正要说话，男的却打着手势，示意他别出声。紧接着，又几条黑影儿走来，为首的问，大爷，看见一男一女经过这里吗？老人不说话，伸出枯枝般的胳膊往路前一指，就都过去了。

这才端详那俩人，似曾相识。整天在街上混的。

老人就叹口气。

一对小青年道罢谢，要往外走。

老人说，坐坐吧。

俩人惊愕地回过头，迟疑着坐下。

老人再说，咋老是这么混呢？不琢磨着干点正经事？

干什么呢？唉！小伙子叹口气。

开间花店吧。老人指指房子。你看这儿咋样？

可，我们，没钱付您房租，也没本钱哪。姑娘低头说。

老人站起身来，走到床前，取出一个塑料袋，从里面拿出一张存折。这些钱，少了点。你们先拿去用。房租我分文不收。

一对青年面面相觑。好久，才扑通一下跪倒在老人面前。

过几天，花店就开起来了。店里有绢花，也有鲜花。五颜六色，一派生机。姑娘、小伙子脚下生风，脸上，也漾着花朵儿。

老人来了。年轻人赶忙让到屋里。小伙子说，大爷，您就别捡破烂了，给我们当帮手吧。姑娘端过一杯茶，也连说，是啊是啊，我们缺人手呢。老人一笑。老人说，干这个，年轻人懂。我老了，老了啊。

老人依旧去捡破烂。

老人却经常来逛。看到花店生意越来越好，脸上就闪着光芒。

一天，老人却突然问，哪种花是百合？

姑娘指着一簇洁白的花朵儿，那个就是。大爷，您要用吗？说着，就要去拿。老人连连摆手，我只是问问。

老人一连几天不见面。

小伙子问，大爷这几天来过吗？

姑娘答，我正要问你呢。

小伙子就骑了车，四处去找。老人曾说，他住在儿子家里。小伙子按地址去问，却哪里有这样一户人家？小伙子几乎问遍城里捡破烂的人，这才知道，老人根本没有子女。老人现住在城西的一条河边。没了房子住的老人只好搭了一间草棚。

小伙子满脸泪水进屋时，老人已经起不来了。小伙子是把老人背上出租车的。出租车直奔医院。

可还是晚了。

老人弥留之际，抓着姑娘和小伙子的手，好半天说不出话。地上跪着的一对，早就是两个泪人。老人最后断断续续地说，小伙子，我想求你件事。小伙子哭着说，如果您愿意，我们就是您的孩子。有什么话，您就尽管对我们说。

老人说，我死了以后，你能不能，把我埋在河边那座坟的旁边？就是我搭草棚的那儿。还有，能不能给那坟前放两枝百合？

一对年轻人使劲儿地点着头。

接下来，他们按照老人的吩咐做了那一切。当然，在埋葬老人之前，他们询问了很多人。可是没人能够告诉他们，那另一座坟里埋的究竟是谁。

两座坟，静静地挨在那条缓缓流淌的小河旁边。

许多年来，那两座坟前都摆放着一束鲜艳的百合花。

洁白，洁白。

抱布贸丝

“氓之蚩蚩，抱布贸丝。匪来贸丝，来即我谋。”

——《诗经·卫风·氓》

男：第九次约会，我居然也没向那女孩表清爱意。于我来说，与其说是奇迹，不如说是奇耻大辱。在网上，我只用五分钟就能把一个美女搞上床，次日凌晨可以互不相干。我的确有过那么一段很乱很滥的光景。后来我发觉不对劲儿。我也渴盼遭遇爱情！可我把它弄丢啦！这真是郁闷！一天，老爸盯着我说：“小伙子，你得干点人事！”我点点头：“你儿子正在这么想。”女孩出现得恰到好处。那天，我在图书馆门口，下定决心等我这辈子最后一个网友。我一点也不喜欢那地方，显得我好像有学问似的。之所以等，是想告诉她我爱的不是书而是床！然后，最好她能扇我一巴掌！这时下起雨来。我心情更糟。

女：那天，我的大辫子在背后摇来晃去。衣领高竖，扣子一直系到脖子，很古典。早上，母亲一边帮我打扮一边嘟囔：“哪家女孩会穿这衣服？你还能把自己嫁出去吗？”我笑得差点岔气！

男：她那样子，是有点像出土文物。然而，一出门，她脸上却突然露出现代版微笑！然后，把手中的雨伞往墙边一放，一蹦一跳，钻进雨里，扬着头，张开手，忽悠旋转一圈，像跳芭蕾舞。那黝黑的大辫子慢镜头一般甩起来，啪一下，就袭击了我的心脏！我立刻感觉，我的爱情来啦！她走过来，我弓身捡起伞递过去。“我，能跟你打一把伞吗？”

女：他举伞迎来的那一瞬，我就断定，他另有所图。“匪来贸丝，来即我谋。”我答得干净利落，“我没这习惯！”说罢，拧身就走。尽管，一直就盼着有个男孩以艺术家的目光准确捕捉到我身上的古典气息。接下来的一个下午，刚走出学校大门，我就看见他站在那棵柳树下。他居然找得到我单位？！用心良苦！

男：我当时居然他妈的有点口吃：“我，可以请你，走走吗？”她明眸皓齿：“我从不跟陌生人散步！”我差点晕过去！本来打算立即放弃，可她身上散发出的气息，已让我欲罢不能。

女：一个淑女，至少得矜持三次。结果如我所愿。第四次，我答应跟他在城市街道走走。接下来，我们在同一条道上又走了四次。

男：你相信吗？这个年龄的女孩居然从不上网！

女：你能看得出来，我有点喜欢上他啦。他的举止基本让我满意。所以，我接受他第九次约会。这次，我们走进一家咖啡馆。我猜测，他要在那里跟我说那三个字！我等着呢！

男：一落座，我就感觉，这选择是个错误。一旦坐下来，近距离面对这个纯净女孩，我立刻手足无措！她就像一个珍贵花瓶，很薄，很脆，轻轻一碰，我都担心会啪一声碎掉！也就是说，我明明看到了爱情，却怎么都抓不住！这是不是很恐怖？我以往那些泡女孩的技巧，根本用不上。话还没到嘴边，就知道苍白无力！我还得小心翼翼，不能让她发现我的放浪形骸史，以及，我的浅薄。

女：他看上去似乎有点冷。目光很虚，像是不敢跟我对视。我有什么可怕的？我不过是个不谙情事的女孩。其实，我也渴望爱情。但直到现在，我还从没听到一个男孩跟我说，我爱你！

男：来之前，我曾反复练过，我爱你！可这仨字在我鸟嘴里不知道出入过多少次，已经他妈的一钱不值！好像她是一面镜子，照得我越来越猥琐。我突然想逃跑！必须得结束这场游戏。我好累。我可以累九次，但不敢保证能累一辈子。

女：他突然变成一头稀奇古怪的动物。

男：“听我说，我是个骗子。只不过，心血来潮想换种活法。我跟无数女人上过床，每次都没这么累。可我不想那样活下去啦。遇见你，才假装一本正经。可是一跟你说话，立刻会想起以前跟无数个女孩说过同样的话。你明白我的意思吗？”我有点语无伦次。

女：我张大嘴巴！不敢相信这个人会突然撕去面具。为什么会这样？这究竟怎么回事？简直让人难以忍受！我抓起桌上的包，夺门而出！回到家里，我立即钻进洗手间，抹上肥皂，拼命洗手洗脸。甚至，还拿出牙膏牙刷。

男：她有本书落在桌上，叫《诗经》。我倒是听说过这名字。翻开一页，看到一个书签，上面有八个字，“氓之蚩蚩，抱布贸丝。”什么意思？你们谁告诉我？

女：这对我是一次致命打击。我恐怕再也不敢相信男人。

男：这很具有讽刺意味。我在床上跟一个女孩复述这故事。女孩看我老半天，突然仰天大笑，甚至笑出眼泪，“去你妈的！开什么国际玩笑！”我点上一支烟，扑哧一口喷到她脸上！我也笑，因此，我眼里也有泪。

姿势不对

午后，雪花飘起来。马晓雅随口哼了一句，冬季到台北来看雪。鹿遥立即扭回头，你最好闭嘴。他刚跟老婆吵过架，心情不好。二十三岁的祁连山则微笑着，视线落在窗外。

马晓雅做个鬼脸，从另一边窗外看去，突然喊，快看，一只小白兔！她的右手一扯，手铐把祁连山的手带起来。鹿遥把车停下。再大呼小叫，把你扔这里！

马晓雅笑，我好害怕，警察哥哥。

鹿遥恶狠狠地盯她，没了招儿。马晓雅不过才十九岁，却有三年坐台小姐的经历。马晓雅安静一会儿，再次撒娇，把手铐打开好不好？人家手都冻麻啦。我说过，我没参与杀人。祁连山看鹿遥一眼。后者不做声。其实，马晓雅那侧车门坏了，打不开。即便能打开，一个女孩，在荒郊野外，能在两个刑警面前逃掉？这么一想，祁连山就打开了手铐。

接下来，车上三人，各想心事。此时，明明大白天，却好像寻不着路。天地之间，灰蒙蒙一片。雪花迎着前玻璃，簌簌打来。

马晓雅又打破沉闷，讲个笑话给你们听。一只母鸡，下个特大号的蛋。记者来采访。问，下这么大个蛋，累吧？母鸡脸腾地一下红了，是，是挺不容易的。那你有什么感想？母鸡脸更红啦，去问我老公吧。记者顺她手指一瞧，一只大公鸡走过来，于是迎上去。公鸡明白他的意思后，不耐烦地摆摆手，这事儿，你得问鸵鸟！

祁连山嘿地一声笑。鹿遥却哼一声，客人讲的吧？不知道是拿你开涮？

这次，马晓雅半天没说话。她先把目光投向窗外，突然，转回头来，喊，难道我不知道他们什么意思？可你说，我们能怎么办？

为了钱，就什么都不顾？鹿遥紧绷着脸。

这个社会，没钱，什么他妈的都不是。

这话戳到鹿遥心口。跟老婆吵架，无非也为钱。老婆下岗。幼儿园老师催着交费。鹿遥说，我想办法。媳妇在电话那头哭喊，鹿遥，你慢慢想！

天，更黑下来。汽车走上危险路段，也淹没进黑夜。偏偏又在此时抛锚。鹿遥下车，狠狠朝车轮踢一脚。马晓雅要下车方便，于是，祁连山也跟着下车。幸好，鹿遥的修车技术过硬。算是虚惊一场。

但真的危险随后跟来——车突然沿着一个斜坡滑下去！

鹿遥狠劲儿踩刹车，无济于事！

下面，是漆黑的山谷！

鹿遥喊，跳车！

马晓雅一声尖叫，紧紧搂住祁连山！

祁连山猛扳一下把手，没打开！突然想起，刚才上车，和马晓雅换了位置。于是，他猛劲儿打开另一侧车门。阴冷的风，张牙舞爪钻进来。马晓雅哭喊，我不跳！

祁连山狠劲儿一把，推她下车！

在积雪中，马晓雅翻滚数下，居然被树丛挡住。好久，才反应过来。活动一下手脚，发现自己竟没受重伤。她站在积雪里，不知所措。四周，一片漆黑。雪花夹杂冰雹，打在脸上，针扎一样疼。

她突然想到那两个警察。她对自己说，我得找到他们。在山谷里微弱的灯光帮助下，她终于靠近那辆车。她轻声呼唤，没有回应。走近车门，却突然踩到一个松软身体！她立刻尖叫起来。没错儿，是鹿遥。她蹲下身，手却摸到一摊黏糊糊的东西。借了车灯，她看到满手灿烂的红。她哆嗦着，把鹿遥的头抱起，喊几声，可鹿遥一动不动。

马晓雅开始呼喊另一个名字。

她知道小伙子叫祁连山。

依然没人回应。

马晓雅呆坐在积雪里，脑子里一片空白。所以，当那个微弱的声音发出时，她几乎不敢相信自己的耳朵。第二声，她听到了！于是，一下子站起来！

——祁连山还活着！

她寻找着那个声音。最后，在车底下找到。

——祁连山的双脚被压在车下！

马晓雅试图推那辆车，哪里推得动？她开始抽泣。接着，酣畅淋漓地哭。

就在那时，又听到祁连山的声音。

——我，好冷……

马晓雅站在黑夜里，呼吸急促有力。犹豫片刻，她迅速俯下身来，躺到祁连山旁边。她解开自己的衣服，又解开祁连山的警服。祁连山在那一瞬似乎清醒过来，喃喃地说，赶紧走，不然，你，会冻死。

马晓雅没说话，却坚定地把祁连山揽在自己怀里。

她感觉那个温热身体，在她怀里渐渐变凉。

预　感

那天早晨，天还没亮透呢，我爷爷就从炕上爬起来。爷爷背着手，沿着茅屋后面那条小山路，顶着湿漉漉的雾气，朝我们家的自留地一扭一晃走去。一边走，一边发出我们家族特有的、混浊的咳嗽声。

那地里，有我爷爷上两辈人静静地躺在那儿。

爷爷好不容易走到地头，再轻轻一声咳嗽，算是和先人打了招呼。咳嗽声中，我家自留地上空缠绕的一层薄雾，哗啦一声散开。爷爷在地头站住，抬着头，看到两面坡上肃然站立的松树。他的心情，莫名沉重起来。接着，他瞥见西坡上最高的那块岩石上，蹲着一只鸟。

是那只雄鸟。

雌鸟总是稍晚一点才出来。

雌鸟有点懒。

多少年来，老牛沟那两面坡上，就一直生活着这样两只鸟。在静静的夜里，它们会发出像哭泣一样的声音。那鸟儿，现在一动不动。爷爷打个寒战。

爷爷深信，那是一只神鸟。神鸟一举一动，都在预示着什么。往常，那只鸟总是不安分地活动，一会儿迈开步子踱两步，一会儿用爪子翻翻自己的羽毛，一会儿展开巨大的翅膀在半空盘旋一圈，最后轻盈地落在那块岩石上。

现在，它却不动。

像一尊雕像。

爷爷哆嗦一下，耳朵里，很清晰地灌进一个叹息声。他一下转身，四下去看，周围却一个人也没有。爷爷感到浑身上下冒出一层鸡皮疙瘩。他步履蹒跚地踏过一道道地瓜沟，那一株株刚刚扎根的地瓜苗上，洒了一层淅淅沥沥的雾水。爷爷走近地中心那两座馒头般凸起的坟。一丝莫名其妙的怪异紧紧缠绕在他身体周围。

爷爷围着两座坟转了一圈，没见什么值得怀疑的东西。

但是，这片刻的轻松，很快就被击碎。

耳朵里突然传进一声像是缓缓扯裂白布的声音。然后，他蓦地看到距那两座坟两米开外的地方，悄然裂开一道缝隙。那缝隙深处，冒出一绺一绺轻微的初春地气。爷爷心里咯噔一声，呆立不动!

那道缝隙执拗地前行。随着那个前进过程，是让人窒息的扯裂声音。爷爷的目光随着那道缝隙，在两座坟周围划一个完整的圆。那道缝隙蛇一样前行，前行，绕过爷爷的脚后跟，最后，与起点准确缝合。

爷爷感到浑身往下一沉!

那块载着爷爷和两座坟墓的土地，竟一起下陷足足二十公分!

我爷爷再也站立不住，一下子瘫在地上!

耳朵里，却听到我奶奶一声撕心裂肺的哭喊!

咱们再去看看我奶奶。

那早上，我奶奶眼皮一直在跳，跳得她从睡梦中一下醒来。

奶奶醒来后第一个动作，是去摸身边，却一下抓空，心里也就空荡荡了。奶奶穿衣服的过程，有点手忙脚乱。这与别的清晨大不一样，像是要打扮好，去凑一个有趣的热闹。那些动作，与她的年龄也不相符。倒像是许多年前，她嫁到我们家族的那个早晨，那样干脆利落。奶奶下炕时，步子零乱，她的小脚踢翻了炕前那个黑黝黝的尿罐。整个屋子里，立刻弥漫一种让人窒息的味道。奶奶顾不上那个气息，踏着直线就奔向门口。

出门后，径直走向东屋。

那里面，睡着她的三儿子祥。

奶奶边走边系扣子，嘴里急促地喊，祥！祥！?

里面并没有传出让她熟悉的应答声。

奶奶就伸出枯枝般的双手，试探着，推开那两扇乌黑的木门。

那扇老门发出一阵敲锣击鼓的声响。

声音过后，奶奶尖锐的叫喊，刺破了老牛沟的上空！

她的儿子——祥——半赤裸的身体，悬挂在房梁上！

我的大爷孝和二大爷禄把我爷爷抬进院子。老头子的眼睛，一直紧盯着东屋门口。他浑身上下能够动弹的地方，好像也只剩了眼珠。没人告诉他，家里究竟发生什么事，可他像是一切都了如指掌。抬他进北屋的时候，爷爷嘴里发出一个急促而古怪的声音。

孝和禄不懂。

奶奶坐在北屋的台阶上，指指东屋，抬他到那屋里看一眼。

东屋地面上，祥的脸上蒙着一张黄纸。

爷爷被抬进来。眼珠瞪圆。爷爷嘴里发出一连串模模糊糊的声音。孝和禄一言不发，都抬头看我奶奶。奶奶看着爷爷。半天，才挪着小脚走近祥。奶奶蹲下身来，再看看爷爷。爷爷眼睛依然瞪得很圆很大。奶奶就高高地扬起了她的树枝般的手，干净利落地划一道弧线，狠狠地扇在祥的脸上！

空气里，响起一声爆炸！

爷爷把眼睛闭上了，眼窝深处，有泪珠悄然渗出。

我一直不太相信预感这个词，可我知道，那天早上的事情都是真实的。

父母与儿子之间，兴许是有感应的。

井

那口井在后花园里，水面与井沿的距离很遥远，打顶上往下一瞧，男人还稍好一点，换了女人，往往被吓得心跳半天。

院子里的女人们一般是不敢到这井边转悠的。

打水的任务由老贺来完成。

老贺其实年纪并不大，生得老气些，平时又不避阳光，晒得跟黑炭头似的，家境又不好。所以，老贺身边连个暖被窝的女人都没有。没有女人的老贺却是个侍弄花草的好手，宽宽阔阔的后花园让老贺收拾得一年四季五颜六色。每次老爷走进后花园，都会背了手，笑着骂一句，你个狗日的老贺！

老贺就笑，老贺能听得出来，老爷这是赞他。

所以，老贺干得很卖力气。

老贺的手轻轻一抖，水桶就在井底下倒个个儿，扑通一声，就装满了水。老贺就左手倒向右手，腮帮子上的筋一跳一跳，水满满上来了。饮用的水一个缸一个缸倒满。至于浇花草用的水，则要用太阳晒。井水太凉。

那女人一进府，就显得与众不同。

这一点，老贺体会非常深刻。

那一天，后花园突然出现一个细胳膊细腿的女人。女人瞧罢那些花草，径直到井边来了。当时老贺不知道她是老爷刚带回来的四姨太。老贺就咋呼，那井可深着呢！别吓着你。女人瞧他一眼，轻轻一笑，你就是老贺？

说着，站到井沿边上了。

老贺顾不得回答，呆愣愣地瞧她，怕一不小心吓了她。却见女人低头向井里看着，哧地一声笑，我的头发怎么成这个样子？

老贺就在心底暗叹，这个女人，真不简单呢！

后来，老贺听厨房里洗菜的吴妈说，她就是四姨太。还悄声悄气地加上一句，是烟雨楼的女人。

真正让老贺觉得女人不简单的事还在后头呢。

许多天后，女人竟突然想从井里往上打水！女人扯了绳子，一抖，再一抖，桶还是翻不过去。女人就着急，女人就喊，老贺，老贺。老贺立在一边，垂着手，回答，太太，您要我干什么？

女人说，你教我。

老贺说，太太，府里的女人可没有一个打水的。

女人说，那是她们胆子小，我可不怕。

老贺没办法，就走过去作示范，一抖手，水满了。女人接过去，照着样子做，仍不行。女人就说，你过来呀，近一点。老贺就走近了，两人的手就握在同一根绳子上。老贺的脑子里就哧溜一下钻进一股脂粉香气。老贺一摇头，再一摇头，那香气竟挥之不去！一不小心，碰到软软的手，老贺一哆嗦，手就松了，绳子出溜一下掉进井里。

老贺吓得赶紧后躲，却听到女人呵呵笑起来。

后来的几日，老贺的耳朵里就满了那笑，走着，坐着，那声音都围了他转。老贺陷入了前所未有的苦恼。从那时候起，老贺开始盼望四姨太到后花园来。可四姨太毕竟是四姨太，她不会把多半的时间打发在花园里。四姨太得陪老爷上戏园子，抽大烟，当然还有睡觉，陪老爷另外的女人打牌以及忙于她自己的梳妆打扮。

老贺脑子里的四姨太，就总是笑的。

那天，却瞧见了四姨太的哭。

四姨太是跑进后花园的，四姨太的脸上分明地挂着泪。当时，老贺躺在草间眯着眼睛瞧天上斑斑驳驳的太阳。女人没瞧见他。女人一边哭一边笑一边骂，你们一个个，谁她妈不是婊子？

老贺不敢吭声，可四姨太还是凭着感觉，一下子瞧见了他。

四姨太像雨打的芭蕉似的站着。

俩人都没说话，就那么瞧着。

许多天后的一个雨夜，老贺刚躺下，有轻微敲门声。开了门，一团香气随了一个人影儿就卷进来。有个哭泣的声音，带我走！这鬼地方我一天也待不下去！

老贺傻愣愣地立在原地，不知所措。

突然间，外面灯火通明，嘈嘈杂杂的声音瞬时就把屋子包围。一个女人略带谄媚的声音，老爷，我说的没错吧?

老爷的脸在灯光下，在气势如虹的大雨中，扭曲着。老爷咬着牙齿吐了三个字，狗日的！

四姨太瞧了老贺，说，老贺，我只想听你说一句话，你喜欢我！

老贺哆嗦着，哆嗦着，扑通一声就跪下！老贺声音颤抖，老爷，我和她一丁点关系都没有，是她自己找来的，真的！

女人盯着老贺，半天，竟嘿地一声笑了，笑着笑着，突然，她就跑进了雨帘中。老爷狠狠地叫，逮住那臭婊子！可谁也没有抓住女人。老贺的目光一直追随着她，电闪雷鸣中，他看到那个女人一袭白衣毫不犹豫地跑着，跑着。

突然，消失了！

老贺的心里咯噔一声！

他知道，女人消失的位置就是那口井！

文　人

论起来，嵇康、阮籍和钟会都是文学圈的人。

但前两位，都有点瞧不起后一位。他算只什么鸟？简直糟蹋文字。这个贵公子，写诗，不过是个走仕途的手法。但一开始，钟会这人还算谦虚。有作品，就想请大腕指点。可大腕都不好接近。阮籍喜欢装聋作哑，说话模棱两可，让人难把其脉。而嵇康，平素只给他白眼观摩。钟会写了《四本论》，想拿给嵇康斧正，到他家门外，老觉得腿肚子哆嗦。于是，隔着墙，给他扔进去。嵇康拾起来，顺手就丢进茅坑。

至于嵇阮二位"竹林七贤"老大级人物，互相倒还钦佩。嵇康就曾晃着脑袋感叹，阮籍这老家伙，从不说别人缺点。我想学，都学不来！

他的确学不来。他这人，骨头比铁还硬。而阮籍办事，就灵活多啦！

比如，大将军司马昭分别露出请他俩出山的意思，无非聘个文化名流给自己脸上贴金。

司马昭什么东西啊？他篡夺曹氏政权之心，路人皆知。

两人都不想理他。

阮籍的做法是，装疯，卖傻。他每天都泡在酒楼。偶尔，还揽过老板娘来，讲些荤话。那一次，嗬，更猛！脱得一丝不挂，在一间空屋子里，仰躺成一个"大"字，给观众表演行为艺术！他还振振有词：我以天地为房舍，以屋宇为衣服，你们干吗钻进我内裤？

对他这举动，司马昭先笑，后骂：文人，都他妈有病！

可嵇康就不同。

司马昭知道这人嘴硬牙更硬，先托嵇康的朋友山巨源去做思想工作。

山巨源一进门，瞧见嵇康光着膀子，在院子里那棵歪脖子柳树下，打铁。

名人锻炼身体，都与众不同。

嵇康本来就"萧萧肃肃，爽朗清举"，肌肉又搞得像练过健美，加之文采斐然，精通音律，难怪曹操的曾孙女看他第一眼，就想扑进他怀里撒娇。

嵇康明白好友来意，当下就拉长老脸。次日，写封长长的绝交信，打发人送给山巨源。把司马昭和老朋友，一并给得罪掉！

司马昭气得咬牙。司马昭就想，早晚，让你死在我手里！

看来，纯文人，不屑于搞政治。

但文人里头，也有天生钻营仕途的。

没想到，那钟会三拐两拐，成了司马昭的心腹谋士。钟会成谋士之后，却开始谋算嵇康。因为，嵇康也曾彻底得罪过他。

钟会约好一帮子文学青年去拜会嵇康。那家伙抡着大锤，在那里叮叮当当，挥汗如雨。嵇康的好友向秀，俯首拉风箱，满脸是灰。俩人一边忙活，一边有说有笑。一帮子文人傻乎乎围一圈，看了老半天。那两位却旁若无人。钟会的脸色青一阵白一阵，快快而走。嵇康这时才问："何所闻而来，何所见而去？"钟会站到门口，并不回头，狠狠地说："闻所闻而来，见所见而去！"

你看，钟会这人，也还不是彻底的半吊子。

但嵇康算是彻底把钟会惹恼了。

文人算计文人，向来不择手段。

这简直是怪事！

钟会就去对司马昭说，嵇康这人，卧龙也，不可用。

司马昭眨巴眨巴眼睛，没说话。心想，这我还不清楚？不说别的，冲他是曹家门上的女婿，我就不能容他！

但历史上任何政客要拿文化名人开刀，都要掂量，都要谋划。

譬如，司马迁得罪刘彻，也没掉脑袋，却让人把裆内物品切了去。白脸曹操杀文人手段更巧妙，文学愤青祢衡惹他生气，他玩个借刀杀人。孔融、崔琰、杨修也相继被灭得有理有据。

司马昭终于等到机会。

嵇康的朋友吕安犯事，被关进大狱，把嵇康扯了进去。钟会听说消息，一路响屁跑到司马昭面前，说："不诛康，无以清洁王道。"

这句话，直接把嵇康送上断头台。

杀嵇康、吕安那天，洛阳城内人声鼎沸，三千太学生联名上书，要求不杀嵇康。

自然，被驳回。

吕安跪在那里，以头撞枷，撞出鲜血，我死不足惜，可连累嵇兄，让我如何能安心九泉？嵇康却仰面看天，哈哈大笑。正午阳光，火辣辣照在他脸上。

嵇康说，没你这事，我照样得死。

嵇康喊，为我取琴来！

不一会儿，有人递一古琴上来。嵇康探手抚琴，头再次缓缓抬起，眯眼睛去看太阳。再低下，双目已紧闭。蓦地一下，一个琴音径直弹入每个人的耳孔！偌大一个东市，除却琴音，不闻一丝杂声。

——是他精熟的《广陵散》！

那刽子手怀中抱刀，眼神渐渐晦暗。一线刀锋，微微抖颤。

音律突然加快，似乎夹杂刀枪铁马。每个人眼里，有厮杀，有鲜血，有仇恨，有火焰。音律戛然而止！嵇康十根手指顿住，却见血线溅出，连同几丝绷断琴弦，缠缠绕绕，在阳光下，灿然飞舞！

嵇康仰头，挺直脖子，叹道："《广陵散》，如今绝矣！"

遥远的大殿里，司马昭浑身震颤一下，眉头紧锁。他打量一眼钟会，钟会也在看。钟会从他眼里，看出悔意。

那天晚上，五十三岁的阮籍再次喝得找不到北。不久，阮籍病逝。

又过几年，钟会也被司马昭杀掉。

司马昭背着手，自言自语，你他妈太阴险啦，还想超过我吗？

广 陵 散

聂政坐在一个酒肆里，面如止水。

秋日的风已露出了峥嵘气象，吹得檐角枯草，咝咝作响。

聂政的目光掷向窗外，有一稀稀落落的丧葬队伍缓缓走过，灰黄纸片散乱了黄昏的半个天空。那队伍寂静而行，竟不闻半丝泣声！

看来，又有一个人，像父亲一样，被暴君害死了。聂政眼里，有恶狠狠的光一闪而过。该去了。他抹一把脸，左手将腰间的短剑一捏，凛凛地出了酒肆。

风舞得正邪。

次日黄昏。修建宫殿的工地。

和聂政的目光不经意一撞，国君韩哀侯就明白了，这群匠人里头，有个人是来取他性命的。他不动声色，转身就走。聂政手里瞬时已多了一剑，脚步也迅疾跃起。哪料韩王早有防备，躲得自是恰到好处。聂政再出手，已然迟了。卫士水般围拢过来！聂政趁势翻墙而逃！

在父亲坟前，聂政跪了整整一夜。现在，他需要藏匿了。他的画像，已挂在了韩国的角角落落。

三年后。一个消瘦的身影出现在韩国的街市上。

那身影正郁郁前行，面前忽地就多了一个女人，一个男孩。

那人浑身悄然一震！

你，像极了一个人。女人盯着他道。

谁？那人的声音嘶哑、冷漠。

我的丈夫。我足足三年没见到他了。你浑身上下，有一个地方非常像他。

那人腮边的肌肉一抖。哪儿？

牙齿。

那人仰天大笑，你这女人，莫不是疯了？说完，直直地过去了。眼角，却兀自有了泪。

转眼，又三年。

这一天，韩国都城城楼下，蓦地多了一个盘膝而坐的黑面男子。面前横摆一张满身断纹的古琴。此人轻扬双手，在那古琴上抚出第一个音符时，众人便止了手头活儿，齐齐地扭头来瞧。再听，愈加不同凡响，时而清虚淡远，时而酣畅淋漓，时而冰泉凝咽，时而深沉凝重。人愈来愈多，静静围拢过来。路侧，立了数匹骡马，竟高昂其首，寂然无声。

不久，琴音把韩王的属下给吸引来了。

国君韩哀侯的寿诞到了。宴上需要这么一位抚琴高手。

再打量那弹琴者，却实在太丑陋了。脸似锅底，发如乱麻。张嘴一笑，竟一颗牙齿也寻不见。一开口，嗓音竟像破锣一般怪异。

众人皆感叹，奇人自有异相啊！

就这样进了宫。

韩王寿诞宴上，男子施了浑身解数奏琴。把韩王及周围卫士听得如痴如醉。琴音突然陡地一转，瞬时激昂起来。众人闭目去听，竟在那里面听出了战马嘶嘶，铁蹄踏踏，兵车喋喋。琴音愈走愈急，似乎是两军对垒，厮杀开来。众人心旌慌乱，却又欲罢不能。

猛地一下，琴音戛然而止，随之一声惊呼！

细瞧，韩王胸前竟早就被刺入一剑！

韩王双手抓着剑柄，拼着最后气力问，你是谁？为何要杀我？

男子哈哈大笑。我是谁，已不重要了。六年前我杀你，是替父报仇，现在，则是替天行道！男子说罢，抽出韩王胸口之剑，往脖颈上只一抹，鲜血四下崩溅！

次日，男子尸体和那柄剑一起被挂在了城楼下。

旁边有一白纸，上书“知此人是谁者，赏金千两”。

数日后，有一老妇跌跌撞撞而来，立住，号啕大哭。儿啊！虽说你变得面目全非，但我只需看这剑一眼，就知道是你。你，终是为你爹报仇啦！

说罢，取剑过来，笑道，没想到，咱一家三口，都死于这柄剑身上。

旁边有人待要阻拦，那剑已直直地刺入老妇胸膛了！

日光毒毒地照着火火的大地。

很远很远处，静静地，站了一个女人，一个男孩。

女人默默地弯了腰，悄悄道，孩子，你不是想知道你爹的模样吗？瞧，挂在上面的那个就是。三年前，咱娘儿俩见到的那个人也是他啊！而且，我现在可以告诉你了，你爹的名字，叫聂政。

为什么爹要那样做？

当年，暴君要你爷爷为他铸剑，你爷爷铸成后怕他滥杀无辜，并没交给他。他把你爷爷杀死了。

女人已是泪眼婆娑！

那，我该找谁报仇？男孩抬了头问。

女人缓缓地直起身子。女人无法回答。

堆　绣

“我知道你肯定还会再来，可没想到这么快。”女子站在门口，依然是那副装束。我真的感觉奇怪，世间怎么会有这样的女人？我问自己，你再次前来西藏，是为了唐卡，还是为了这个女人？

“一周前，你从我这里请去两尊菩萨。我不知道现在它们的结局如何。而且，真是很可笑，这几天我心里竟然一直放不下这个问题。”女人左手掌心，托一枚精致小巧的紫砂壶，右手食指按着壶盖，将第一道水哗哗倒出。这么做着的时候，眼睛却并不看我。

“你不妨猜一猜。”

我却看着她的手，小心翼翼，发出带有勾引和挑逗前兆的信息。

“如果我没猜错，那幅止唐发挥了它的作用。跟你一起来的那位女作家，暂时不会出现在你的生活里了。深陷其中的男男女女，可贵之处就是适可而止。再说，你们男人做这个向来是很有一套的。那幅国唐，依我看，与你的愿望好像大相违背。”

我差一点要站起来。我被一个女人的目光，或者话语，剥光了衣服。唐卡，唐卡，神秘的唐卡。

“你进来的时候，我注视你的眼睛足足有五秒钟。于是我得到了一切。”

我把目光投向窗外。

一个身着藏袍满头银丝的女人，正匍匐在地，双手朝前，贴着大地，冲着布达拉宫的方向。站起来，再次匍匐在地。

“她会从我这里，请走一幅唐卡。”

女人也向外看一眼。

我突然对自己产生了厌恶感。

“内地很多男人来，都用你刚才那样的目光看过我。对此，我已经很习惯了。”女人轻轻递过一个带有金色缂丝图案的茶碗，“上次你心神不定，来去匆匆。其实很多东西，还没仔细跟你讲解。比如你那两幅唐卡，都是请圣僧开过光的。如果你仔细看，会在背面的一个角落发现一些藏文。我以为你会打电话来询问那文字的意思。看来你没注意到。”

“现在能告诉我吗？”我已经很清楚地看到我们之间的距离。

“有些东西，别人告诉你和你自己发现甚至领悟，意义完全不同。其实，我倒很高兴看到，你选择了止唐送给那个女人，而把国唐送给你的夫人。”

这个女人，她洞悉一切!

“人的一举一动，都会透露出无数的信息。这个世界上没有神秘之处。”

“你还觉察到了什么？”我居然仍想试探。我得承认这是我一生中遇到的最大的挑战。刚才那丝羞愧感又消失了。

“你跟我来。”她立起身来，走向另一个房间。

那是个纷乱的房间。丝毫没带给我在挂满唐卡的屋子里的那种感受。到处堆积着杂乱无章的制作唐卡的材料。显然，这是绘制唐卡的工作室。

“你看，这像不像我们的生活本质？你是画家，该懂得这一点。我到过很多画家的画室，差不多也是这个样子。这和君子远庖厨，似有异曲同工之处。你眼中美丽神秘的唐卡，其实不过是这些寻常材料的组合物。毕加索用牛角、自行车柄等触手可及的再普通不过的东西，就拼成抽象的极具艺术美感的艺术品。所以，艺术是在一个人心中的。你看到的唐卡，跟你心里的唐卡完全不一样。我们的生活其实也是如此，表面和内心流动的永远不同，有时甚至截然相反。”

这番话，让我的内心再次趋向清澈。

“你看，这幅半成品。你觉得它有何不同？”

一幅浅黄色针织背景画布，表层粘贴了一部分美丽的图案。那图案是用五颜六色的丝线织成的，看上去像是裙裾的一角。

“这粘贴上的图案，分为两层。底层是丝质缎纹，五彩斑斓的丝线是穿插在缎纹之上的。这是织锦唐卡的一种方法，叫堆绣。”

我点着头：“我好像明白你的意思了。”

“其实，那底层的背景画布和缎纹，才是一个人真正的依托地。如果没有那些，这些丝线再美，也只能处于悬浮状态，没有着落。我可以试着解释一下你刚进来时的眼神。你想把我变成你生活里的缎纹，那根本是不可能的。我充其量只能是那缭绕在表层的丝线。我们只不过是凭借着因缘才遇到。我们之间，你和所有女人之间的故事，都不过是另一种意义上的堆绣。”

不知何时，天色暗下来。房外的廊檐上，亮起了四角灯。

我们走进一家不算宽敞但颇为优雅的酒吧。她似乎是这里的常客。用藏语跟一个小伙子微笑着打招呼。整个过程，我都身心轻松。她喝了一点八宝青稞酒，脸庞红润。我则隔了窗口，望过去。巷子深处，有人用藏语唱歌。

我喝得不少。后来，我看着对面那张灿若桃花般的脸说：“此时，你很像我的亲妹妹。”

那个清晨，我在同一家旅馆的同一个房间独自醒来。在那一段时间里，我还没有像那个夜晚一样，睡得那么踏实。我站到窗前。此时的布达拉宫清澄洁净。我拿出手机，拨通一个号码。我说：“亲爱的，我现在身无分文。所以这次回家，我不会带给你任何礼物。”

半天过后，一个慵懒的声音传过来：“需要我去银行，为你打上买车票的钱吗？”我说：“不需要。我想我能找到回家的路。”

就在出租车的玻璃窗摇下来的时候，我收到一条短信：“把那幅止唐给我寄来吧。”我删除了那条信息。

在我眼中，已无唐卡。

情　　人

《摩西十诫》之一："除我之外，你不可有别的神。"

盛着温牛奶的雕花玻璃杯，立在粉红色的精致的托盘上。看不出何小草脸上有什么表情。她在餐桌旁坐着，用勺子摁住嫩黄的煎鸡蛋，拿叉子去切。何小草嘴唇收了收，看上去，她似乎对闪闪发亮的金属和瓷器切出的声音很满意。

但她自己很清楚，她的心里乱了。何小草这人，行事惯于直奔主题的，而那个李乐，似乎从来不是。何小草一度以为，她会控制住李乐。可现在，她想，恐怕那人是走了。他在别的女人那儿。

——别的女人！不是她小巧玲珑的何小草。

涂口红的时候，何小草鼻尖一蹙，眉头稍皱。何小草看见了几丝让女人恐惧的皱纹。镜子里，她的泛着亮光的手指，悄悄凑近左眼角的危险地带。眉毛蹦跳一下。

于是，何小草轻声对自己说，真是老了！

对那个稍显沉重的包，她现在一点都不喜欢。高跟鞋踩在地砖上，"嗒，嗒，嗒"，倒是让人惬意。一个楼上的邻居，据说是精通哲学、社会伦理学的教授，迎面而来，她老远微笑着点头打招呼，并不在意对方清汤寡水的笑。

穿越第二条横着的马路，何小草一扭身，伸手推开路边一家影像店的门。所有玻璃门打开的声音，似乎都那么恐怖。扑面而来一句恶俗透顶的歌儿："这是对冲动最好的惩罚。"尾音很长，渐拔渐高。何小草想象着那个一点也不性感的大男孩仰面向天，正在憋一口气的样子。迎面来的，还有一个小丫头的笑脸。何小草问了句什么，她转身去了。不一会儿，拿来她要的东西。

何小草一层一层打开包装，拇指和中指夹起碟片儿来看。没错儿！是电影版的《情人》。何小草家里就有一盘，看过很多次的。那为什么还要买呢？她也在问自己。

不知道。会有用处的吧？

把碟片放进背包，细嫩的手指触到一个玻璃瓶。她低下头，小心翼翼，不想让玻璃瓶歪倒在包里，然后，迅速把手抽回来。

有个电话恰好打进来，女人的声音："我，想见见你。"何小草常用的声音是甜腻、粉沙的："您是谁呀？我们认识吗？"那头说："我，是李乐的妻子。"何小草欢快无比："大姐呀！咱们在哪儿见面？"

现在，"大姐"用一柄小勺子心不在焉地搅动一杯咖啡。手在抖。很粗糙的一双手。何小草微笑。女人上身靠近桌子，压低声音，眼里有了泪花："把他还给我吧，求求你！"何小草微笑。女人继续说："你知道，我们这个家，不能没有他。"何小草继续微笑。

好吧，对话开始了。之前，虽没见过面，但对话以各种形式进行过无数次的。这次变了，更奇怪的一种。一个女人像是在苦苦哀求，另一个女人坐着，一动不动。

何小草却把每句话都接过来。她其实也在一直说个不停。

——你来我这里寻找怜悯吗？对不起，我不喜欢看女人掉眼泪。真可笑，把他还给你？谁？你要的是李乐吗？如果他是一个避孕套就好了，我马上给你，我还会教你怎么使用！可惜，他不是。何小草看见自己站起来。你怎么不杀了他？你不敢。所以，是李乐一直控制你。而我不一样，我不会让男人控制。我喜欢像一蓬藤蔓那样"哧哧啦啦"缠紧大树。要缠紧！不让他呼吸！让他紧张！让他怕你！你深深捆进他的肢体，你蔓延过的地方，就是一道道深陷的沟壑！我看见我的枝蔓，也钻进你的身体，肆虐地生长。你不堪一击！让我告诉你李乐这种人该怎么对付。你那双手，能拿起刀子吗？何小草迅速掏出那个光盘，在桌子棱上"咔嚓"一声折成两截，递给女人另一半。你瞧，比刀片差不了多少。去找那个男人，向他的脸划去！不要犹豫！你可以割他身体的任何部位，包括那儿。

"我不想离婚。"女人趴倒，身子一阵抽搐。

——你不敢，还是不忍心？那么，试一下这个。何小草从包里取出玻璃瓶。知道吗？这叫硫酸。浇到人的皮肤上，会有青烟冒出来。我试过，真的试过，你看这里。你会看到青烟的，还会听到很舒服的声音。怎么样？你干吗发抖？女人不该这样子。你不敢，我敢！因此你不是我的对手。李乐也不是。除了我，他绝不可再有别的女人！

实际上，自始至终，何小草一句话也没说。她一直在微笑。推门而出的时候，她才轻声说："我没拿过你什么呀，大姐。我的东西，从来就是我的。"

何小草走进路边的公共厕所，静静地站到水龙头前，把电影光盘和玻璃瓶拿出来。光盘躺在洁白的大理石面上，梁家辉和他的白皮肤情人背对着。何小草尖着手指，拧开玻璃瓶盖，瓶口稍稍倾斜一点，液体就沿一条线下来，落在光盘上。果然，有轻轻的烟浮上来。

"你在干什么呀？"身后，有个女人问。何小草没转身，也没抬头。她欢快地笑着："你看哪，你看，真的很好玩！"

木

关于木的故事，有许多版本，我描述其一。

现在，假设木就在回乡下的客车上吧。我们都能想象出来，那种车汽油味特别足，通风性能一向良好。木靠近窗子，拉开玻璃，都市喧嚣呼地一下钻进来。客车缓缓移动，广告牌上的美女也在动。

——“你怎么可以叫木？”女孩气急败坏。他问：“为什么不？”“因为，因为我叫鱼。”他一脸迷惑。鱼游过来，把他扑倒在床上。女孩说：“我们现在是木鱼。”顺手，在他额头敲一下。

他笑着摇头，而后目光沉重。车上人越来越多，中间走廊站了几个人。太阳即将落山，车厢内有点灰暗。一个胖女人喋喋不休，令人讨厌的方言。一个孩子瞪大眼睛盯他。木心情不好。你想，一个大学生，却沦落到在城里给人家送水，而且，还遇到一大把不顺心的事，木的心情怎能好得起来？是的，木艳福不浅，他遇到了一条鱼——另一个怀才不遇的女大学生。可那又怎样呢？一个麻烦加另一个麻烦不等于麻烦消失，通常的答案是，麻烦会更大。

木这次的麻烦就不小，因为，他在乡下有老婆。

木的老婆叫水。当初，木大学毕业回了农村。他不想在城里挤人才市场了。现在城里最不缺的，就是人才。农村毕竟还有他假想的瓦尔登湖。他在湖边盖一所茅屋，在那里静静地思索、写作。他真就这么干了，但事实并不美好，首先是父母遭受到压力，有村里人当着他们的面，大声训斥孩子：“上学有什么用？你看那块木头。”他离群索居，却受不了孤独。你瞧，并不是每个人都可以叫梭罗。

试问，这时有个叫水的女人出现会怎样？女人有点文化，神经质式地欣赏会写东西的男人。你总不能要求木做个禁欲主义者。相反，刚出校门的大学生，满脑子的浪漫气息，小伙子甚至以为他沐浴在中世纪巴黎郊外的阳光里，以为那是段浪漫无比的艳遇。于是，出事了吧？事出了，男人得负责。农村有农村的规矩。那个叫水的女人说得一点没错："你不能占了便宜就走人哪！"

木别无选择，他木偶一样按照习俗和水入洞房。一个老女人板着脸，把一块年糕，塞进同样板着脸的新郎官嘴里。木和水，在糊满红纸的新房里，坐成两具木偶。木觉得吃了大亏，因为跟想象的大不一样。他甚至感觉有一道绳索，把自己死死捆住。有一天，他对自己说，你完了！彻底完了！

跟鱼的相识，更富戏剧性。

鱼当时情绪低落，脸色苍白。她是个追星族，追得父母去卖血给她买演唱会门票。鱼第一次遇到木，是在马路上。木头破血流躺在那里。他毫无理由地被几个醉鬼打坏了脸。然后，被鱼遇见。鱼觉得这人面熟，在学校诗歌朗诵会上见过的。于是，鱼把木送进医院，送回家。过了一阵子，直接送到她被窝里。

那辆汽油味让人窒息的客车终于到达那座小县城。

天黑了，没有回山村的车，他得步行。估计，夜里十二点之前能到家。假如在县城遇到事情耽搁，比如被同学瞧见，拉去吃酒，就难说了。但可惜得很，没有意外发生。木其实也很想有件事情暂时延缓他的回乡行程。回家要解决的问题，太棘手。毕竟，离婚比结婚复杂不是？

其实，木和水的婚姻早就露出分裂征兆。水以为等到了白马王子，却果然是块木头，而且还是块奇怪的木头。他要下地种田的水，上床前必须刷牙、洗脚、洗脸，还不能像农村婆娘一样，把脱下的内裤塞在褥子下面。终有一天，水抓起内裤，揉成一团，"呼"地一下，贴到木的脸上。

第二天，木就离开瓦尔登湖，去城里做了个送水工。

但人不能总是躲避现实，他必须得回去。离城时，鱼送他到车站。上车那一瞬，鱼拉着他的手，凑到他耳朵边说："我等你。这里，有了。"她在肚子上画了个圆。

好吧，既然事情总得有个结局，正如小说得有个结尾，我们就让木的手开始敲门。夜里十二点的敲门声，有点阴森恐怖。灯没开，但有声音在里头。一个女人怯怯地问："谁？""我。"女人还是没开门："怎么这时候回来了？"没有回答。门终于开了。木在倒地之前，还问："怎么不点灯呢？"他听到风声了，但不知道是从哪个方向来的。他像布袋一样倒下去！也许是有蜡烛燃起来。模糊的影子。有两个人的声音。女人在哭："你干吗这样？你弄死他啦！"男人说："我也没想到会这样！你怕什么？这么晚了，没人看见。"女人继续哭："你弄死他啦！怎么办？"男人说："什么怎么办？你看，他在城里，永远都不回来了！"

在木命名的瓦尔登湖边上，出现一个大坑，两个人影在黑魆魆的夜里晃动。躺在地上的木突然动了一下，嘟囔一句什么，那两个黑影立即顿住，屏住呼吸。好久，男的问："他还没死呢！？他说什么？"女的沉默半天，说："好像，他想吃鱼。"

木肯定吃不到鱼了。据说，城里那条鱼再也没等到那块木头。

孝　道

周六上午，楼道里出现个老太太。从衣服上能看出来，她不属于这座城市。她的举止同样证明了这点。老人提着个篮子，篮子里是煮熟的新鲜花生。她从一楼开始，挨家挨户敲门。

一楼西没人，东户打开。一个眼圈发黑的女人，狐疑地盯着她。老太太说："我是五楼的。刚从地里收的花生，您尝个鲜。"黑眼圈女人叫何小草。她用食指和拇指捏着下嘴唇："我怎么没见过你？"老太太解释："昨天下午，刚从乡下来。来看看儿子。"何小草点头："五楼那大胖子？他让你送的？"老太太赶忙说："不是，他上班去了。"何小草挤出一丝笑容："谢谢，我从来不吃花生。"

门关了。老太太的笑被挤住，呆愣半天，才上二楼。二楼西没人，东户打开。一个眼圈发黑的姑娘，狐疑地盯她片刻。姑娘叫鱼。还没等老太太解释，鱼就把眼瞪大："我刚睡着，拜托，别来烦我！"

门砰的一声关闭！老太太在楼道口呆站得更久。从窗口钻进来的光线，打在她的半张脸上，几绺银发，在那沟沟坎坎的脸上，扫过来，扫过去。

她没去敲三楼的门。到四楼，停住，歇一歇。四楼东户的门一直开着，从里边飘出京戏声。她犹豫一下，伸出枯枝般的手，敲门。一个老头从厨房走出来，听她说明来意，眼睛一亮："哎呦，那得尝尝鲜。"说罢，小孩一样踢踢踏踏走过来。老太太的笑夸张起来，她把篮子递过去。老头边剥开一颗边说："太多，吃不下，吃不下。"不一会儿，老太太满脸笑容上了楼。

老头是一所大学的教授，老伴去世，儿女极少来瞧他。不知为何，他家的门，即便是晚上，都是开着的。

从那以后，老太太经常下楼，找教授聊天。

不几天以后的一个晚上，有个胖子来敲教授的门。教授闭着眼睛，听《命运交响曲》。男人敲一遍，教授没听见，再敲，教授才从沙发上立起身来，笑着打手势请他进去。

男人手里居然拿瓶酒。

“是不是吵着您了？”教授有点不好意思。“不，挺好的。”胖男人举举手里的酒，“想跟你聊聊天，自己一个人，喝不下去。”教授点头：“可我没有下酒菜呀。而且，我不喝酒。”但教授还是走进厨房，端两个小凉菜出来。胖子自己倒酒，喝一口。教授把音响关闭，走过来，坐下，盯了不速之客看：“有事吧？”男人喝酒，吸一口气：“没事，就想找人说说话。你说怪不怪？手机上电话号码两百多个，从头到尾扒拉一遍，一个能说话的都没有。我大小也是个正科级干部，没想到混成这地步——不提那些，我想跟你说说我母亲。”

“你母亲？”“就是来给您送花生的那个。”“哦，你有个好母亲。”

“是啊，我欠父母的，太多，太多。”男人眼里似乎有泪，“我们那地方，穷！只产石头，不长庄稼。我在家里是老小，上面仨姐姐。为了让我上大学，那可真是砸锅卖铁。给你讲个事，我们村儿后面山上，到处是马尾松。到了冬天，挂满炸开的像花一样的松子皮。”教授微笑：“那玩意儿可以烧火。”男人一拍膝盖：“对呀！城里烧锅炉的，就拿这个引火。我父母每个冬天都去山上，一个一个摘下来，再挑到县城去卖。一斤五分钱！有次下大雨，我母亲忽然一脚踩空，连人带那两袋松子皮一起滚下山！她的腿上，到现在还有一道疤。”教授叹口气。男人沉思良久，继续说：“去年，老父亲去世，家里就母亲一个人。我总算说服老婆，把她接来。”教授说：“是啊，该尽孝时就得尽。”

“可没想到，她一来，家里就乱了套。”

教授一皱眉头。男人晃着大脑袋：“教授，是不是天底下所有婆媳都是水火不容？唉，做男人难，真难哪！”教授看着他，半天未语。男人喝口酒：“你知道，我一个农村孩子，爬到正科级，没路子能行？那可全是依赖老丈人在后面撑腰。”

教授把头抬起来，抱起胳膊：“有话你直说吧。”

“其实，也不是多大事。”男人吞吞吐吐，“这两天，老婆总拿一件事来挤兑我，她说，我那老母亲总是往你这里跑——教授，我不是说你怎么着，那母老虎说话太难听，她说，我母亲一来，就耐不住寂寞了。”

教授“呼”地一下起身：“请你出去！”

男人提着瓶子出去前，嗫嚅着：“教授，以后，您能不能，把门关上？”

门，依然无论何时都是开的。可有一天，教授回家发现门关了。他没带钥匙，只好找人来开锁。打开后，都愣住了！那老太太站在里面。她说，她不小心把门带上，却不知道怎么打开。后来，教授习惯随身带着钥匙了。

再后来，四楼东户的门也一直紧紧关闭。

恐　怖

我这辈子最恐惧的时候?

我明白你的意思。不过，可能会让你失望。

那是好多年前，我的一次偷瓜经历。

在我老家，小孩子偷个瓜摘个果儿，算不得什么大错。跟我光屁股长大的，你问问看，哪个没这种经历?有回，我跟邻居家的孬蛋儿去偷甜瓜，让看瓜的老头逮个正着。他指着墙角一堆瓜，说:“吃!把这一筐都给我吃完!”老头端来一盆水，居然给我们洗瓜，吃完一个，递过来一个，吃啊吃啊，眼看着肚子就大了。最后，躺在地上，不能动弹，连那老头都哈哈大笑。你看，偷瓜这事，想起来就叫人觉得温馨。

没想到，那次偷瓜，我真正感到了恐怖。

那时我上初中了。下午，到学校外面小树林里背书。树林旁边，有块西瓜地。当时，脑子里“咔嚓”一下就蹦出那个念头!邪恶的念头一旦出现，就像一条绳子，把你越缠越紧。看瓜屋子好像在另一头，挺远。我摸到地头，发现眼前就有一个。那真的非常美妙，我现在还能想起那瓜蒂断开时清脆的声音。

然而，我没想到，这是噩梦的开始。

我搬着瓜，准备找地方品尝，突然看到从一边的树林里，冒出个人影儿，在向我这方向跑!是的，比如你跟情人刚上床，却突然听到她男人的开门声。

我扔了西瓜，希望能借着夜色逃走。可是，鞋子出卖了我!那双塑料凉鞋其实早就让我难堪。有一天跑早操，它就让我在女同学面前丢尽脸面。这一次，更严重，整个后跟都断了。没办法，我钻进一窝草丛里，希望躲过此劫。可是，不一会儿，一个年龄和我差不多大的男孩站在我面前。他一伸手，抓住我的衣领，说："走！"

小偷遇到警察，一般是不会反抗的。他带我来到一个瓜棚前。天彻底黑了。院子里吊着一只不是特别亮的灯泡。还有两个人。一个大人，一个比我大的男孩。我的厄运开始！那个大男孩走过来，伸手给我一巴掌！那是我这辈子挨的最重的一巴掌！那个声音，那种火辣辣的感觉，至今还在我的脸上。我现在都奇怪，那个大人，他为什么自始至终一句话都不说呢？

两个男孩把我夹在中间，大点的男孩说："把衣服脱下来！"我一下子抬起头！这我根本就没想到。

"我知道你是那学校的。你不脱，就把你送到学校！"

我立刻浑身发抖！还有比这更吓人的吗？送进学校？所有老师和同学都知道？天哪！我只好脱。夏天的衣服，很容易脱干净，一会儿，我就只剩内裤。

"全脱掉！"

这时候，我才有机会看清他们的脸。那位也许是父亲的人坐在那里，慢悠悠地喝茶。我说："求求你们了！"可是，无济于事。他们两个扑过来，大的拧住我的胳膊，小的去脱我裤头。

我赤身裸体了！

许多年后，我经常一个人裸着身子在房间里走来走去。

这很有意思。

我第一次感觉那样的屈辱，以及随之带来的恐惧。真的，我的恐惧达到爆破点，那个小点的男孩，从瓜棚一角拿出根藤条！我脑海里出现片刻空白！我一下挣脱开来，光着身子，赤着脚，开始盲无目的地奔跑！一开始，顺着大路，后来，钻进麦地，沿着地边跑。麦茬还没烂掉，直竖在地里。可我感觉不到扎脚。到底跑了多远？在什么地方？我一点也不知道。突然，我一脚踩空，从一道土堰边滑下去！浑身立即尖锐地疼痛。

但我无法停止，我一直觉得后面有人追。

感觉过了差不多半个世纪，我才一下停住脚！觉得自己好像在做梦。就像许多年后，我读到的卡尔维诺笔下那个雾里行走的人。他比我幸运，他穿着衣服。

一个赤身裸体的人，蹲在黑魆魆的荒野上，不知所措。

我开始寻找回学校的路，像一个野人。总算依靠记忆，找到一条大路。可我不敢在大路上走，我担心有人在前面拦截。突然，耳朵里钻进一个声音！我扭头就往回跑，跑了好一段，才发现后面根本没人。我站在那里，倾听了很久，才确信，危险并不存在。

估计是下半夜，我找到学校，从校园后面的围墙上翻进去，悄悄摸到宿舍，然后，迅速地躺到我的床上。那一瞬间的安全感，让我觉得那一刻我是世界上最幸福的人！那个夜晚，我一刻也没闭上眼睛。疼痛，不一会儿就开始袭击我的脚，我的全身。

第二天早上，穿着拖鞋出现在教室的时候，我就意识到了，事情还没结束。我没有自习课的课本，而我非常清楚它在什么地方。还没等开早饭，我被通知去校长办公室。我去了，在几个女老师的眼皮底下，抱回了我的裤子、汗衫、鞋子，以及内裤。

现在我轻松无比，这事情我从没跟人提起过。是的，我贪污公款，数额巨大，我跟好几个女人保持情人关系，这也是偷，罪恶更大。可奇怪的是，我从来没感到恐怖。

我想，对恐怖这件事，可能我已经麻木了。

杀 狗 记

给你说个事儿。我必须得说，要不就没机会了！我跟谁都没说过。你是记者。跟我说了这么多，人生啦，价值啦，人性啦。说实话，我一句都没听进去。我这人没文化，就念到小学二年级。对我来说，你说的这些太深。

跟你讲个杀狗的故事。那时候，我才十三四岁吧。有天早晨，村里的大喇叭说了，村子里所有的狗都得杀！一只也不留！千真万确，那狗日的就这么喊的。

我家当时也有一只狗，打小就是我养的，能够到我屁股那么高，整天围着我转。我抱回家的时候，它才刚断奶。我爹说养不活，实际上是他不想养。有一天，我就发现，他端详那狗的眼神儿不对。你知道三天没吃饭的人，眼神儿啥样吗？我爹嘟囔说，人都养不活，还他娘的养畜生？他拿着一把斧头走到那条狗跟前。那天，日头很毒，我爹脸又黑点，他抡起斧子来的时候，一道光就在他脸上划过去。就在那时，我发出一声尖叫！后来，我爹说，就那一声，他就知道，我这小子将来出息不成个好东西！

那老头，真的有先见之明！

当时，我扑过去，一把夺下他手里的斧子，呼地一下就扔大门外头去。据说，那把斧子正落在晒太阳的王爷爷跟前，扑哧一声，插进土里半截！老爷子当即吓得拉了一裤子！这一边我爹抡起胳膊，叉开五指，啪一下，就扇我腮帮子上！瞧，我这边耳朵一直聋，就他打的。不过，我爹倒是没杀死那狗。

可那一天，有人要杀狗了！那些人不是我爹，是政府的人。对抗政府，没好果子吃。我当时就明白这道理，现在就更明白啦。我爹披着棉袄，托着个大碗，站在大门口，把一碗野菜粥喝得半条街都听得到动静。一听说要打狗，他吸溜一声喝完，拿袄袖子一抹嘴，就开始嚷嚷，老四，老四，去找咱家那狗！

老四就是我。

我一听，脑子嗡地一下！当时就想，得赶紧把那狗藏起来。我把碗往磨盘上一放，动作有点大，那碗劈啪一声裂开了！经过老头身边，他已经抬腿等着我。我想躲呢，没躲利索。他一脚踹在我屁股上，我就地一个驴打滚，浑身是土爬起来，一瘸一拐往外跑。结果，我在一个麦秸垛后找到那狗。然后，把它带到奶奶家，奶奶院子里有间好多年不住的老屋。我把狗锁进那间屋子，回家跟爹说没找到。我那时比现在还傻。我不该把它藏起来。让它跑，跑得远远的。

不过，话说回来，能跑哪里去？全国都在打狗，就像现在搞严打。

可那狗在屋子里叫。估计它郁闷。

那天，我正在村口老槐树下躺着晒太阳，听二迷糊喊，老四，要杀你家狗啦！我呼地一下跳起来，拔腿就跑！脑子里却一片空白！四周啥动静都没有。一只芦花鸡，被我踩掉好多毛，四处飞。二迷糊家那老是流鼻涕的小闺女被我撞倒，咧开嘴哭。一帮小媳妇都看着我笑。最后，一声狗叫传来，那天旋地转的场面静止下来！

我家的狗已经被拴在院子中间那棵枣树上！

一进院子，我就喊："你们谁杀它，我要谁的命！"

一个拿绳子准备往狗脖子上套的家伙猛地回过头！

就在那时，那狗一口咬住他的手。他龇牙咧嘴，大喊大叫！抽出手来的时候，我看到他手上流着血！于是，我咧着嘴笑。但他们人可不少，早就盘算好要吃狗肉，连我爹都是他们的同谋。所以，他们围在那里，并没放弃。我的狗在那段时间，有点反常地安静。那帮人想把一个绳套，套进狗脖子，然后，一下子把狗吊起来。

狗开始疯狂反抗！它一边窜来窜去，一边露出白森森的牙齿吼叫。我往里冲，想冲到狗身边。可是，我爹死死把我抱住。我忽然发现那些人手里都多了一根棍子。他们都站得远远的，抡起棍子来，敲狗的脑袋。狗在狂跳！一开始，没有人能够敲准。毕竟，他们也怕。

好长一段时间，我周围再次没了声音。很奇怪。我可能张大嘴巴在喊，也许根本就没喊。我眼看着那被狗咬了的家伙，一棍子敲在狗的左耳朵后面，有一丝血立即溅起来！我的狗，居然一下跳得老高老高！所有的人都呆住了！那只狗四根爪子张扬着，要扑什么东西似的，整个身子划着一条线，很漂亮的线。但它脖子上的绳子把它拽下来了！地面上立刻尘土飞扬，紧接着再一次跳起来。

蒙上它的眼！我听到有人说。于是，有人找来一个旧麻袋，好不容易蒙在狗脑袋上。这样，他们可以随意挥起棍子了。我被爹拖出院子的时候，看见那个被狗咬了的家伙，拉起了绳子。我的狗于是被吊在半空！

当晚，我躺在炕上，娘给我端来一碗狗肉。我站起来一抬脚，把那只碗踢飞了。

马新亭卷

马新亭，男，山东作家协会会员，冰心儿童图书奖获得者。迄今已发作作品数百篇，部分作品被《小说月报》《小小说选刊》《微型小说选刊》转载，并入选《中国年度最佳小小说》《当代小小说名家珍藏》《微型小说鉴赏辞典》《中国新文学大系》等多种选本，有作品被拍摄成电视短剧。曾获全国微型小说评选一等奖，已出版小小说集《迷人的笑》《爱情变奏曲》等6部。有3本作品集入藏中国现代文学馆。

爷爷的枪

我是爷爷的一条尾巴，爷爷走到哪儿我跟到哪儿。我感觉爷爷是天下最让我着迷的人。因为我像所有的小男孩一样喜欢枪。而爷爷也喜欢枪，爷爷总是变戏法似的给我弄来好多“枪”。

爷爷不但喜欢枪还会造枪。他有时用各种木棍给我造枪，长的、短的，背着的、挎着的。他有时用各种农作物秆给我造枪，手枪、步枪、冲锋枪、机关枪……五花八门，应有尽有。

我问爷爷，你小时候喜欢枪吗，爷爷？

爷爷说，喜欢啊。

我问，你为什么喜欢枪？

爷爷反问我，你为什么喜欢枪啊？

我说，我觉得好玩。

爷爷笑笑说，爷爷小时候喜欢枪，可不是觉得好玩。那时候，兵荒马乱枪炮声不断，爷爷害怕，总是枪不离身，身上有枪爷爷就不害怕。

生活好点后，爸爸和姑姑都会给爷爷一些零花钱。爷爷舍不得花。他每次赶集，总会给我买枪回来；他每次进城，也总要给我买枪。有塑料的，有铁的，有冒光的，有冒火的，有带声音的……有时，我疑惑不解，外面怎么这么多枪啊？渐渐地，我产生一种离奇的想法——什么时候，我能摸摸真枪啊！

我真摸到真枪。十八岁那年我参军到部队，天天摸枪。

这年，我回家探亲，爷爷问我，摸到真枪没有？

我说不但摸到真枪，我还是部队上的神枪手呢。

爷爷说，你带我去看看枪。

我笑起来，心想爷爷真是老得越来越糊涂，但又不想惹爷爷生气。我就问，上哪儿去看？

爷爷一边一探一探地往外走一边说，你跟着我走就行。

我骑上自行车，追上爷爷，带着爷爷出村。

村外有好几条纵横交错的公路，不管是大路还是小路，路两旁都栽着树。

爷爷指着那些树说，你看像不像机关枪？

我看看说，怎么是机关枪呢，那不是树吗？

爷爷说，你再看看，树干像不像枪身，枝头的无数片叶子，像不像枪口喷出的子弹？

让爷爷这么一说，我看着还真有点像，就说，像，真像。

走着走着，爷爷指着一片高粱地说，你看那些高粱，像不像一支支步枪？

我不想让爷爷不高兴，就说，爷爷，让你这么一说，还真像，我原来咋就没发现呢？

爷爷笑起来。

路过一片玉米地，爷爷又指着玉米说，你看看那一棵棵玉米，像不像一枝枝冲锋枪。秆像枪身，缨像刺刀，玉米苞像弹夹。

我说，是是是。

爷爷说，知道吗？这些树木、庄稼、花草都是大地的枪啊。

我说，大地还需要枪吗？

爷爷说，当然需要。它们保护着大地啊。

在回去的路上，我问爷爷，你见过真枪吗？

爷爷说，我不但见过还有过真枪。

我吃惊地说，真的吗？

爷爷说，那还是在辽沈战役的时候，国民党的军队被围困几天几夜，没吃没喝，一个馍就换一把枪。我就用一个馍换过一把枪。

我说，他们没枪还怎么打仗？

爷爷说，也许他们饿得忍受不住，也许他们根本就不愿意打仗，不然他们就不会失败。

我连忙说，是是是。

我又问，爷爷你的枪呢？

爷爷说，打完仗，部队收缴枪，我第一个交。

……

我再一次探亲时，爷爷更老了，老得走不动路，只能坐在炕头上。而我这次探亲与前几次探亲已有天壤之别。我从一个扛枪的兵成为一个军官。

听说我回来了，亲朋好友都来看我，屋里挤得满满的。座位上坐满了人，炕沿上坐满了人，还有站着的。人们七嘴八舌地恭维我，恭维我父母。有说我有出息的，有说我光宗耀祖的，有说我父母教子有方的。最后人们又恭维我爷爷，说我爷爷有眼光，当年没人愿意去当兵，只有我爷爷坚决支持我当兵。

我爷爷咳嗽一阵子，就说了一句话，在我眼里他什么都不是，他就是爷爷的枪！

你是一条船

趴在爸爸背上的儿子，随着爸爸的脚步一摇一晃，爸爸宽宽的脊背像是一条船，载着儿子朝家的方向行驶。

儿子忽然问道：“爸爸，我长大以后做什么？”

爸爸稍稍沉默一会儿说：“长大以后上学。”

儿子问：“上什么学？”

爸爸说：“上小学；上完小学，上初中；上完初中，上高中；上完高中，上大学。”

儿子问：“上完学以后呢？”

爸爸说：“找工作。”

儿子问：“找工作以后呢？”

爸爸说：“找媳妇。”

儿子问：“找媳妇以后呢？”

爸爸说：“生孩子。”

儿子问：“再以后呢？”

爸爸说：“再以后，你就成了爸爸，天天背着你的孩子。”

儿子问：“再以后呢？”

爸爸说：“你就成了你爷爷，天天送孙子上学，天天接孙子放学。”

儿子问："再以后呢？"

这时，爸爸伸伸脖子，扬头望望天空说："再以后就变成天上的星星。"

儿子昂起头，转着脖子看了一圈天空说："爸爸，天空像是蔚蓝色的大海，那些亮晶晶的星星像是一条条小船，小船上是不是也坐着小孩？"

爸爸笑笑说："对对对。"

母　亲　河

前　言

江出生在一个地主家庭，是家里的独生子。父母对江很娇惯，含在嘴里怕化了，捧在手里怕飞了。父母在江长到上学的年龄时，把江送到当时是资本家的舅舅家里，让江在济南读书，希望江将来成为栋梁之才。看起来江的前程似锦，可那只不过是人的一厢情愿罢了。江初中毕业那年，父母和舅舅再没有精力和能力供江上学，江参加工作。几年后，江涉世未深血气方刚，多说了几句话，再加上家庭成分不好，被打成右派，遣送回原籍。

正　文

江回到阔别多年的家乡的第二天，就被通知去游街。

江受不了这种耻辱，躺在被窝里就是不起床。不仅仅因为这件事，江老大不小的人，还没找上媳妇。

这还是人过的日子吗?

白发苍苍的母亲，坐到床前，说："孩子，起来！人家叫咱游街，咱就去，别人想游街还捞不着呢！咱一不偷二不抢，又没做伤天害理的事，游街就游街，不但不丢人，反而正好提高咱家的知名度。"

江在母亲连说带劝下起床了。母亲把饭端到江面前说："先吃饭，吃得饱饱的，好有劲游街。"

江一点一点地吃起来，吃完一碗，相依为命的母亲再给江盛一碗。

就在吃饭的时候，民兵连长已来催促好几次。母亲说："再急也得等吃完饭。"

吃完饭，民兵连长拿出一个铜锣说："你们娘俩一边走一边敲。"

江一听就来气，真想将铜锣一把夺过来，扔到屋顶上去，就是不接递过来的铜锣。

母亲说："拿着，孩子。"

江很不情愿地接过铜锣，却无论如何迈不开步，没有勇气走出门去。

母亲说："走啊，孩子，你在前面，我跟在你后面，你什么都不用怕。"

江仿佛有靠山似的，一咬牙迈步跨出门去。在跨出门去的一刹那，江的脸刷一下红到耳根——门外面聚围着一堆人，有老人，有小孩，有男人，有女人，尤其还有几个年轻的姑娘，在抿着嘴偷笑。

江站在门口犹豫不决，真想扭头跑回屋，蒙上头，爱怎么办怎么办，就是不去丢那个人。

这时，母亲在后面推江一把说："走，朝前走，只管朝前走！"

江磨磨蹭蹭走起来，却不敲锣。

旁边的民兵连长说："敲，敲，敲锣。"

江有气无力地走几步，轻轻敲一下，走几步，轻轻敲一下。走出胡同口，拐到大街上，围观的人更多。街两旁的人，脸上流露着幸灾乐祸的神情，像看耍猴一般。江感觉生不如死。

民兵连长大概还嫌人少，觉得不过瘾，呵斥道："声音太小，都听不见，用上吃奶的劲敲！"两旁围观的人"哄——"全笑起来。

江忍无可忍，几次想把铜锣狠狠砸在他的麻脸上，拼个你死我活。

这时，一直跟在后面、拽着江衣角的母亲悄声说："他让你使劲敲，你就使劲敲，用上全力，敲烂拉倒！"

江差点没笑出声，所有的畏惧害羞统统抛到九霄云外，使尽力气咣——咣——咣地敲起来。

这一敲，看热闹的人脸上都流露出敬畏钦佩的神色，江仿佛找到自信，更加起劲地敲。那声音很大，震耳欲聋，像怒吼，像呐喊，像反抗，像欢呼！江感觉和母亲不是在游街，而是在庆祝胜利！

江走得很慢，但非常从容非常镇定。江知道走得快，三寸金莲的母亲跟不上趟。母亲又悄声说："你看我们像是国家元首来视察，群众在夹道欢迎！"江感觉有一股无穷的力量，从母亲拽着衣角的手上传到自己身上！

敲着敲着，铜锣"咣"一声烂了。民兵连长说："你怎么敲烂了？"江说："不是你让我用力敲吗？"民兵连长哑口无言，过一会儿说："那就光走吧。"

江与母亲游完本村，又到邻村去游，游完一村又一村。游到天黑回家，第二天接着去游……

尾 声

二十五年后，"冤、假、错"案平反。江重见天日，恢复公职，全家进城。和江一起被打成"右派"的那批人很多没有回来，大部分人不堪忍受屈辱和折磨，有失踪的，有自杀的，有自残的……

母亲离开江已经三十年，可江感觉自己仍像一叶小舟，在母亲河柔软温暖的怀抱里，漂向远方……

谁能辅佐天子

管相国再次从昏迷中醒来，见齐桓公正守在自己的病榻前，挣扎着欲起身。

齐桓公急忙双手按住，老泪纵横地说："寡人九合诸侯，一匡天下，众望所归，成其霸主，还不多亏管相国的辅佐。我真担心你离开我啊。"

管相国呻吟几声说："我也舍不得离开主公啊，可是上天非要叫我去，我又能奈何呢？"

齐桓公擦擦泪水说："如果相国真要弃寡人而去，拜谁为相合适呢？"

管仲咳嗽着说："主公想拜谁为相呢？"

齐桓公说："德高望重的鲍叔牙是最合适的人选。"

管仲说："鲍叔牙心底无私，严以律己，一身正气，两袖清风，确实令人钦佩，但不适合当相国。"

齐桓公颇感惊讶地问："为什么？"

管仲说："水至清则无鱼，人至察则无徒。一个过于以身作则的人，也会要求别人一尘不染完美无缺，别人一旦有所闪失，就会耿耿于怀小题大做，不能容忍，不肯宽恕。可是谁敢保证自己天长日久不犯错误呢？可是干事越多的人往往错误越多。这样谁还愿意为国多干事呢？谁还愿意为民多干事呢？人人都会不求有功但求无过，这对一个国家来说很不利啊。"

齐桓公又问："周朋可以吗？"

管仲沉默半晌说："周朋八面玲珑，无所不会，无所不能，人人都说好，也颇受主公的宠爱，但不可为相。"

齐桓公问：“为什么呢？”

管仲说：“周朋能说会道，世故圆滑，才获得里里外外的好评，才博得上上下下的信任。但这种人没有原则性，凡事都当和事佬老好人，不愿得罪人，惯用的伎俩是欺骗；遇到困难和麻烦推诿扯皮踢皮球，不愿承担一点责任，也不干正儿八经的实事。”

齐桓公再问：“易牙为了让寡人尝尽人间百味，不惜杀掉唯一的儿子烹饪给寡人吃，爱寡人胜过爱子，总可以为相吧？”

管仲说：“天下最深的感情莫过于父子情，易牙连自己的儿子都不疼，他还疼谁呢？即使疼也是具有功利性，同时可见他是多么自私，多么无情，多么残忍，怎么可以为相？”

齐桓公还问：“竖貂为服伺寡人自施宫刑，重寡人胜过重自身，总可以为相吧？”

管仲说：“人最爱惜的莫过于自己的身体，为服侍主公，把自己的身体弄残，是不是有点灭绝人性呢？”

齐桓公继续说：“开方为我几十年不回家探母，敬寡人胜过敬母，也不能为相吗？”

管仲说：“一个不孝敬父母的人，最终对谁都不会忠心耿耿。”

说到这里，管仲有点上气不接下气，轻轻闭上眼睛。

齐桓公有点迫不及待地追问：“到底谁可为相呢？”

管仲没有回答。

齐桓公焦急地等待着，管仲却再也没醒过来。

知　己

韩信心中有数，论自己的雄才伟略，谁重用自己谁得天下。可自己现在毕竟是一个无名之辈，谁会轻易拜自己为帅呢？韩信更愿意投奔项羽，因为他打心底看不起刘邦，一个卖狗肉的，能有多大出息？再说口碑也不好。

韩信来到项羽的兵营。项羽的兵士挡着不让他进，问他有什么事。韩信说来辅佐项羽夺取天下。兵士跑进去禀报，项羽说放他进来。韩信一进门，项羽便皱起眉头，心说一个其貌不扬的人，还口出狂言，肯定是个疯子。项羽又问几句话，叫韩信回答，项羽很不满意。说先让韩信当一般兵士，将来立下战功再重用。韩信说要么当大将军，要么他走人。项羽笑笑说那请便吧。韩信扭头便走。

再没有可去之处，韩信闷闷不乐地又来到刘邦的兵营。刘邦见到韩信，只看一眼，便低着头问韩信几个问题，韩信一一回答，刘邦心不在焉，旁边的萧何倒是越听眼睛瞪得越大。还没等韩信说完，刘邦便不耐烦地打断韩信的话说，我这里不乏治国安邦之才，你去另投明主吧。

韩信从刘邦那里出来，已是日暮西山。韩信也沮丧到极点，自己满腹经纶，却无用武之地，怎能不叫人黯然神伤！夜幕降临，韩信感到特别寂寞，特别孤独，不知走向何方。

突然，身后有人喊道："高人慢走。"韩信回头，借月光望去，原来是萧何。"快跟我回去。我已力荐高人为大将军。"萧何气喘吁吁地说。韩信喜出望外。"扑通"一声给萧何跪下说："你真是我的知己啊。"

韩信果然不负众望，自从韩信领兵，刘邦节节胜利，项羽节节败退。

这日，刘邦收到韩信的一封信，打开一看，原来韩信要刘邦封他为假齐王。

刘邦大怒，刚要发作，一旁的萧何在底下踢踢刘邦的脚说："封就封个真齐王，还封个什么假齐王。韩大将军为平定天下立下汗马功劳，应该！"

打发韩信的信使走后，刘邦不悦地说："自古天下只有一个大王，你怎么能让我封韩信为真齐王呢？"

萧何哈哈大笑说："韩信现在可是手握重兵，他想反谁就反谁，想当啥就当啥。是为这件事逼他谋反好呢，还是顺水推舟先稳住他好呢？"

这日，韩信正在宫中读兵书，侍者进来禀报说，一个人要进来给大王相相面。韩信一听，差点笑了，心说就算寻开心解闷吧，便说："噢，让他进来。"

那人进来后，韩信凭感觉知道来者不善，说："那你就给我看看！"那人也不吭声，围着韩信转两圈说："恕我直言，从齐王反面看，有帝王之相，从齐王正面看，有杀身之祸。"

韩信问："你叫什么名字？"那人说："蒯彻。"

蒯彻又说："你手握重兵，现在反的话，天下归韩，不反的话，天下归刘，以后你将株连三族。"

韩信怒吼一声："先押下去！"

夜里，韩信辗转难眠，蒯彻的话正说到韩信的心事上。他何曾不知道只要谋反就能称王，现在项羽已不足挂齿，刘邦也拿自己没办法……可是真反的话，那天下又要大乱，民不聊生，家破人亡，血流成河，生灵涂炭；再说刘邦也对自己有知遇之恩啊，自己怎么能恩将仇报呢？可是不反的话，自己凶多吉少。刘邦的恐惧，文武百官的嫉妒，小人的栽赃陷害……一连几日，韩信愁眉苦脸，辗转难眠，举棋不定。

多年以来，韩信已养成一个习惯，每当遇到大事难事自己拿不定主意的时候，就去征求萧何的意见。也总是在关键的时候萧何为他出谋划策，他才得以化险为夷，逢凶化吉。

一天晚上，在夜色的掩护下，韩信来到萧何的府上把自己的心事，向自己的知己和盘托出。

萧何听完，沉思良久，最后吐出一个字："反！"

翌日，刘邦在后宫设宴与萧何饮酒作乐。酒酣耳热之际，刘邦问道："韩信怎么办？”

萧何反问：“大王的意思呢？”

刘邦说：“削职为民吧！”

萧何笑笑说：“不如斩草除根。”

刘邦沉思半晌说：“我于心不忍啊。”

萧何哈哈大笑：“当断不断，必留后患。韩信早就有谋反之心，昨晚上还到我府上策反过我。”

“啪！”刘邦厚实的巴掌狠狠地拍在坚硬的酒桌上，酒杯被震得东倒西歪，刘邦恶狠狠地吐出一个字：“杀！”

人 类 起 源

我们一天天长大，母亲却一天天叹气。

因为兄弟姐妹们不会耕田种地，不会缝纫烹饪。

母亲常对我们说，你们以后可怎么活啊。

我们总是齐声说，到时候就有办法。

虽然我们都不会耕作缝补烹饪，但是我们却能挣钱。我们身上的衣物，没有一件是自己做的，上上下下里里外外全部是买的，想穿什么就买什么。商店里的衣物琳琅满目应有尽有。我们腹中的食物，没有一点是自己种的自己做的，吃的喝的嚼的全部都是买的。街上的超市饭店宾馆鳞次栉比豪华气派。

天有不测风云。据可靠消息，再过 10 天人类就要进入 100 世纪，地球在进入 100 世纪的那一刻就要毁灭。这符合有生就有灭的自然规律。

所幸的是，人类经过几十世纪的不断探测，在茫茫宇宙中发现了一颗类似地球的星球，这颗星球叫“绿星”。但是，不是每一个人都能够去绿星，只有极少数富人才付得起乘坐宇宙飞船的昂贵费用。世界有时候就是这么不公平，干活的不挣钱，挣钱的不干活。

所幸我的后裔是富人中的一员，在地球毁灭的前夕仓皇登上绿星。

开始，大家无比兴奋，他们亲眼目睹了地球爆炸的精彩瞬间。蔚蓝色的地球发出“轰”一声天塌地陷般的巨响，然后变成一个太阳似的火球，消失在浩瀚无垠的太空。他们站在绿星上，魂不附体，呆若木鸡，许久才缓过神来。然后，欢呼雀跃。他们成为百亿人类中极少数的幸存者。可是好景不长，他们不久又陷入无比恐慌之中。因为大家已经把带来的食物衣物消耗殆尽，弹尽粮绝。更不幸的是，来到这个星球的这些人，一部分人就会发号施令，一部分人就会高谈阔论，一部分人就会作账造表，一部分人就会走穴演出，一部分人就会坑蒙拐骗……唯独缺少会耕田种地的，唯独缺少会做衣做饭的。捎来的诸如电脑、手机、电视、空调、洗衣机、金子、美元、珠宝、名车、名画、名字、美女……几乎成了一堆废品，不能吃不能喝不能穿，毫无价值，毫无用处。

他们终日无食可餐、无衣可穿。

饿极了，他们开始吃草、吃树叶、吃野果、生吃鱼、生吃野兽……由于长期喝生水吃生食，他们的身上长出了长长的毛，久而久之，他们变成一群用四肢行走叫“猿”的动物。

过了几世纪，他们学会了用石器打猎。

又过几世纪，他们又发现了火。

再过几世纪，他们开始直立行走……

人生之旅

说不清为什么，你总是感到很痛苦。

你不知道别人是不是也痛苦，就跑去问别人。

你问 A：“你痛苦吗？”

A 说：“我痛苦。”

你一惊说：“你有什么痛苦？你看你年轻有为，前途无量。”

A 就叹口气：“那有什么用，我想要个儿子，可偏偏生个闺女。”

你又问 B：“你痛苦吗？”

B 说：“我比你痛苦。”

你感到不可思议：“你莫不是笑话我吧，你看你有一个活泼可爱的儿子，这是多少人想有却没有的事啊！”

B 沉默片刻说：“我妻子失业无所事事，你说我能不痛苦吗？”

你再去问 C：“你痛苦吗？”

C 苦笑几声：“怎么不痛苦？”

你困惑地说：“你看你有一个宝贝儿子，全家都在好单位上班。”

C 摇摇头说：“一言难尽，我身患一种无法医治的疾病，你说我痛苦不痛苦！”

你还不服气，再去问 D：“你看你全家没有下岗的，还有一对龙凤胎，身体又那么好，难道也有痛苦吗？”

D苦笑几声说：“你不知道我多痛苦，儿子不务正业，三天两头给我惹是生非，还不如没这个儿子。女儿也不争气，学习成绩总是倒数几名，唉，不说不要紧，越说我越气！”

你不想再问下去，你发现每一个人都很痛苦。你弄不明白这是为什么，便想出家——跳出三界外，不在五行中，不就没有痛苦吗？

你来到普陀山，要削发为僧。

老方丈问：“为什么要出家？”

你说：“为没有痛苦。”

老方丈笑笑说：“出家人也有痛苦。”

你大吃一惊：“真的？”

老方丈点点头。

你说：“那我就去死。”

老方丈哈哈大笑：“你连死都不怕，还怕痛苦吗？再说死也有痛苦。”

你给老方丈磕一个响头：“请师傅告诉我怎么才能没有痛苦。”

老方丈说：“要我告诉你办法，答案就在书里，古人言，书中自有天与地，书中自有情与理。”

你连忙问：“在哪本书里？”

老方丈说：“在古今中外的每一本书里。记住，你读书越少痛苦就越多，读书越多痛苦越少，直到一点痛苦也没有。”

你问：“灵吗？”

老方丈说：“不灵再来找我。”

你回去后半信半疑地打开一本书，如饥似渴地读起来。读完第一本书，痛苦果然少一点；读完第二本书，痛苦又少一点；你又拿起第三本……

最后，你感到没有一点痛苦，因为通过博览群书，你领悟到人的欲望是无限的；但是，人的欲望不可能得到无限的满足……

所以，人才感到痛苦！

这时候，一个年轻人跑来问你："你痛苦吗？"

你说："我不痛苦。"

年轻人问："为什么？"

你说："不为什么。"

年轻人说："看来你是真老了。"

你盯着年轻人急匆匆离去的背影，自言自语地说："多像年轻时的我啊！"

一条棉被

天还没亮，娘就说，你爹今天回来。

吃着早饭，娘还念叨了好几遍。

刚吃完早饭，娘便撂下饭碗，跑到村头的大道上往东张望，看爹回来没有。

之后，几乎每隔一两个小时就跑出门去看看，每次回来娘都冻得牙齿直打战。

到晌午时，又下起大雪刮起大风，娘更着急起来，跑到村头的次数更多，但每次都是满怀希望而去，焦急失望而归。

中午饭，娘也没咋吃。

一下午娘重复着一句话，咋还不回来呢？像丢了魂似的。

娘做出晚饭来，让山和三个弟弟两个妹妹吃得饱饱的。所谓的饭也只不过是地瓜干窝头和咸菜，然后对山说，你和我搭着伙，咱去接接你爹。

娘牵着山的手走出家门。雪大片大片飞，风大声大声吼。娘和山在雪地里蹒跚，再用力也走不快。

山边走边问，爹干什么去啦？

娘说，去孤岛割芦苇。

割芦苇干什么？

明年春天卖掉，换成地瓜干吃，好不让你们几个挨饿。

明天年三十吃什么？

给你们蒸锅馍馍吃。

真好吃。

让你们解解馋。

年初一能吃饺子吗?

能，怎么着也得包顿饺子。

走出几里地，没见爹。

娘丝毫没有回去的意思，拉着山的手急急地走。

又走出几里地，还是没接着爹。娘说，孩子，你注意听着点，只要有铃铛声响，就是你爹来了，咱家那头毛驴脖子下的铃铛特别响。

山竖起耳朵用力听，却光听见风在咆哮，别的什么都听不见。

又走出几里路，雪已经把路全埋在下面。山说，这么深的雪，爹赶着毛驴车能走得动吗?

娘说，我也很担心，不过，咱家的毛驴很壮能拉动，就指望这头毛驴替咱干活。你爹拖着个病身子，你们又还小。

山说，我什么时候才长大啊，长大好替咱家干活。

娘说，娘指望你长大好好念书，不希望你好好干活，这也是你爹经常说的。

为什么?

干活苦啊，孩子，只有好好念书才有出息，才能享福。你爹和我小时候兵荒马乱没捞着书念，不能让你们再走我们的老路。你爹这次临走时还说，这次多割点芦苇，春上卖个好价钱，给你买上个书包哩。

娘，我走不动啦。

好孩子，再往前走走，说不定就接着你爹了。我还用地瓜干给你爹换了斤白酒哩，接你爹回到家，让他暖暖身子。可不许说是我用地瓜干换的，就说我到你姥娘家拿来的。

嗯，我不说。

突然，山隐隐约约听见前方传来铃铛声，山说，有铃铛声。

娘站住，山也站住，侧耳仔细听。过了片刻，前方果然传来很细很细“叮铃、叮铃”的声音。

娘和山几乎是不顾一切地往前扑去，山一边踉跄着一边喊，爹，爹——我和娘来接你……

终于扑到车前，只见满满一车芦苇，小山一般。却没看见爹的身影，山和娘围着车找。右边的车轱辘变了形，车胎也瘪瘪的。爹在车的左边，两条胳膊紧紧抱在胸前，坐在雪地上，背倚着车。山和娘俯下身拼命叫喊，爹——爹——孩子他爹——孩子他爹，爹却无论如何都叫不醒。

那头毛驴在避风的地方拴着，低头吃着地上槽子里的草。吃几口摇摇头，抖落头上的雪。毛驴身上盖着一条厚厚的棉被，那也是山家唯一一条厚棉被。是娘让爹下孤岛时捎着的……

谁吃到了花生

临走前，妈妈再三对毓说，去看看吧，如果他家太穷就算了。我就你这么一个宝贝女儿，不能眼睁睁看着你往火坑里跳。

一路上，毓一直把他家往最穷里想。

当真的置身于他家时，毓这个都市中长大的女孩子，怎么也没有料到，他家竟然有这么穷。残垣断壁的村庄，破破烂烂的家，屋里屋外几乎没有一件值钱的东西。他爸从见到毓的那一刻起，就知道咧着一张没牙的大嘴傻呵呵地笑。此情此景，毓怎么也无法与眼前心仪已久的白马王子联系到一起。

就在毓沮丧懊悔的时候，他爸走进里屋，翻箱倒柜折腾半天，托着一枚硕大的熠熠放光的钻戒，颤颤巍巍走出来，郑重其事地递到毓手里说，孩子，我没有什么值钱的东西，拿着！

毓惊呆了，木头一般戳在原地，有点不相信自己的眼睛。

爹，你怎么还有这东西，从哪里弄来的？连老人的儿子也惊讶地问道。

老人坐下后，咳嗽几声说，说来话长。那是淮海战役期间，我们全家饿得爬不起床，你奶奶递给我半篮子花生说，咱家就剩这点东西，你出去换钱来，咱买粮食吃，不然全家都要饿死。并且再三嘱咐我，路上不能偷吃，一块银元一把，别的什么都不换。我点点头挎着篮子走出门去。那时候战斗已打完，到处是清理战场的解放军和一队队的俘虏。当我路过一个厕所时，一个解放军押着一个国民党俘虏正出来。俘虏看见我篮子里的花生，再也拔不动腿。问我咋卖，我说一块银元一把，他摸遍浑身上下的衣兜，啥也没摸出来。最后，他摘下手上的钻戒，递给我说，换两把。我说一把也不换。他说这东西比什么都值钱。我当时不认识这是啥东西，说我就要银元，别的什么都不要。这时那个押着他的解放军说，快走，不准换老百姓的东西。他说求求你长官，我们被围困这么长时间，凡是能吃的东西都吞下去了，我饿得要死，连走路都困难。那个国民党说完，把那颗钻戒往我篮子一扔，狠狠抓一大把花生就走，一边走一边往口袋里装……

在回去的路上，毓嘴里一首接一首唱着流行歌曲。

他却一个劲唉声叹气。

最后，他忍不住问毓，咱俩的事还有没有戏？

毓说，有啊，凭什么没有？

他说，你回家一说，你家能同意？

毓说，能，肯定能！

他不解地问，为什么？

毓拿出钻戒在他眼前晃晃说，不是有这个？

他说，这个能管用吗？

毓说，你这个傻子，我回家就说你家不但不穷而且很富，不然能有这东西？

他一听，心里乐得像开锅一般。

毓回家后，爸妈迫不及待地劈头就问，怎么样？

毓一句话也没说，只是拿出那枚硕大的钻戒，放在妈妈的手里。

妈妈的嘴一下子张得又大又圆，眯起眼看了又看，然后又轻轻放到爸爸的手里。

爸爸一边看着一边乐得合不拢嘴，可是渐渐地，爸爸阳光灿烂的脸阴云密布起来。爸爸严肃地问，说实话，这东西你是从哪里弄来的？

毓迷惑不解地说，他爸送我的啊！怎么，你连这个也不信，要不叫他来作证？

爸爸说，不是怀疑你，而是怀疑我的眼睛。孩子，这东西原来是我的啊！

毓一声惊呼，说，爸爸你别开这种玩笑好不好？

爸爸拄着拐杖走到沙发跟前坐下，叹息一声说，真是无巧不成书。这东西是你腰缠万贯的爷爷留给我的唯一一件东西，上面有一个祖传的记号，你仔细看会发现在下面有一个小小的“王”字。那年我为活命用它换了一把花生。

毓插话说，这么贵重的东西才换一把花生？

爸爸叹息一声说，那时候命还不知道有没有，还在乎这身外之物？想不到的是，我换的那把花生自己一个也没有吃到。

毓问，为什么，谁吃到了花生？

爸爸说，我解完手被押回到俘虏的人群里，尽管我严严实实捂着装花生的口袋，可还是有人嗅到炒花生的味道。几天几夜没吃东西的人们，眼睛都饿得发绿，恨不得吃人，闻到有吃的还了得。一哄而上把我口袋里的花生抢光，连我的口袋都被撕成碎片。可笑的是，抢去花生的人，也没有吃到花生。还没等剥开花生壳，又被别人一把抢去，抢去的人刚想吃，又被他人夺走，夺走的人还没吃，又被另一个人抢走……

毓问，那到底谁吃到了花生？

爸爸说，不知道谁吃到了花生。反正为抢那把花生，有头破血流的，有反目成仇的，有大打出手的，有破口大骂的……连押我的那个解放军战士都受到处分，说他没有看好我，破坏了军队的纪律。那本来是一个智勇双全的解放军，如果不是因为那件事，他说不定会成为功臣或者将军……

蜘　　蛛

经过十年如一日的努力和奋斗，我终于修成正果，当上一个经常能在电视里露面的领导人物。当然我也就成为一个“很有用”的人。在我居住的这座城市里，几乎没有我办不成的事，因为我像一只蜘蛛，编织了一张庞大无形的网，渗透到每一个角角落落。酒宴天天排得满满的，手机铃声此起彼伏从早响到晚，求我办事的人一个接一个。虽然与老婆孩子近在咫尺，却无缘相见。忙得我脚打后脑勺，喝得语无伦次。

我又是一个热心人，只要我能办到的事，我是有求必应。我怕人家说我当官变质看不起人，也怕在台上得罪人下台后难受。可是无论我怎么提高办事效率，也总有办不完的事，大事小事都有，譬如：入党、提干、职称、文凭、调动、上学、入托、住院、结婚、保险、拉存款、批二胎、要证、办证……连我也感到奇怪，这年头怎么干什么都得托人走后门呢？说来也奇怪，看似很棘手的难题或悬而未决很久的事，只要我一句话就迎刃而解，真不知那么多公务员整天忙些什么。

看似都是我的事，其实没有一件是我的，都是替别人忙活。什么乡下那些八竿子打不着的亲戚，什么城里的七大姑八大姨，什么几年几十年前的同学战友同事，纷纷从各个角落拥向我，浩浩荡荡，蔚为壮观。

这样下去非累死我不可，我厌倦这种生活，要想解脱只有辞职。

我就到上级那里辞职。不料上级说是不是嫌官还小哟。我说不是不是。上级说要么是嫌提拔得慢。我说不是不是。上级说那为什么？我说我感觉太忙太累想休息想清闲。上级说你的意思我明白，你回去等着吧。

我就回去等着，可万万没想到，等来等去却又高升一级。这下更热闹起来，随着我手中的权力越来越大，找我办事的人越来越多。直到我无暇履行我的职责，天天忙着给一大群人开绿灯写条子。

我越想越后怕，这样发展下去，结局不外乎两种，一种是进牢房，一种是进病房。

我又找到上级要求辞职，这次理由很充分，身体有病。我终于如愿以偿地卸任。

这样我在公共场合和电视上便销声匿迹。

从此，我也就几乎什么事也办不成。更令人费解的是厄运几乎一个接一个，儿子被撤职，女儿下岗，儿媳调换不好的工作，女婿遭人暗算……

那天，老伴回来说：“你说说你到底为什么被撤职的？”

我说：“谁说我被撤职的，我是自己辞职的。”

老伴说：“我出去这么说，没有人相信。”

一天，儿子回来安慰我说：“爸，想开点，名利都是身外之物，身体才是革命的本钱。”

我哭笑不得：“我不存在想开想不开的事，是我自己要求不干的。”

儿子说：“想开点，想开点，一定得想开点。”看那样子，儿子以为我骗他。

又一天，电话急促地响起来，我刚把听筒搁在耳朵上，就听见女儿哭咧咧地说：“爸，你没事吧？”

我颇感奇怪地说：“没有什么事。”

女儿说：“社会上传闻你被抓。没事就好，没事就好。”

又有一天，儿媳风风火火地跑来，还没等进门就喊道：“爸——爸——爸——”

我说：“出了什么事，大惊小怪的。”

儿媳一见我，才大口喘着气说：“我们那儿说你跳楼了！”

我再也承受不住接二连三的打击，眼前一黑，摇晃几下，倒下去。

当我醒过来时，我发现自己变成一只蜘蛛，又开始编织一张庞大无形的网……

蟠 桃 宴

大殿里美酒飘香，歌舞升平，觥筹交错，欢声笑语。

正当宴会进入高潮时，内侍端一盘鲜桃，摆在齐景公面前，说："主公，御花园桃树结下六枚蟠桃，特来献上。"

齐景公看看盘中的鲜桃，红光满面地对来访的鲁昭公说："此树种乃东夷人敬献，养了三年，鲁侯造访，仙桃正熟。据说吃下此桃可延年益寿，逢凶化吉，来，请品尝。"

鲁昭公欠欠身子说："齐侯先请！"

齐景公伸手给鲁昭公拿一个，自己也拿一个。鲁昭公咬一口吞下，连连称赞："好桃，好桃！清香甘甜，鲜美绝伦。"

齐景公也咬一口，说："不错，不错。"然后，又对叔诺、晏婴说："你俩乃齐鲁两国之栋梁，一人赐一个。"

叔诺、晏婴谢过后，一人拿一个鲜桃。

六枚鲜桃还剩两枚。

齐景公望望两旁的文武百官说："美味佳果，寡人理应与众爱卿共享，无奈人多桃少，实难分享，总不能一人一口吧！晏相国，这剩下的两个桃子，该让谁吃呢？"

晏婴略微沉思奏道："可让群臣各表其功，谁的功劳最大谁吃桃，不知主公意下如何？"

齐景公连连击掌："此计甚妙！此计甚妙！诸位爱卿谁先表功啊？"

话音刚落，大勇士公孙捷第一个站出来，说："那一次牛山狩猎，一只猛虎欲伤主公，是我赤手空拳将其打死，功劳大不大？"

齐景公点点头："救驾之功，其大无比，可吃桃！"

公孙捷大摇大摆地刚要取桃，二勇士古冶子一跃而起，站出来说："慢！昔日，我随主公渡黄河，一只大龟自水中蹿出，将主公心爱之马拖入水中，我纵身入水，潜行九里，斩杀大龟，救出骏马，为此人们都夸我是河神，功劳大不大？"

齐景公鼓掌赞道："黄河激流，斩龟救马，勇猛如神，功不可没，可吃桃！"

古冶子轻蔑地扫一眼众人，便去拿桃。三勇士田开疆见状，早已按捺不住，大声说："且慢。我田开疆曾经率师征伐敌国，杀死敌将多人俘获甲士无数。迫使敌国俯首称臣，年年进贡，岁岁来朝，功劳大不大？"

齐景公颔首说道："舍生忘死，开拓疆土，江山社稷，千秋伟业，可吃桃。然而三位勇士都功高盖世，鲜桃却只有两枚，该当如何呢？"

晏婴一抱拳说："不如这样，三位勇士可当众比武，胜者吃桃，不知主公意下如何？"

齐景公满意地说："好，好，好！那就当场比武吧，也为寡人和鲁侯助助酒兴。"

三位勇士一齐说道："谢主公。"

大勇士公孙捷和二勇士古冶子首先比武。俩人手持宝剑，闪展腾挪，上下翻飞，刀光剑影，都想制服对方。二勇士稍有破绽，大勇士抓住机会，把二勇士一剑刺死。

三勇士田开疆见状，破口大骂："好你个心黑手毒的东西，竟敢杀死二哥！"

大勇士说："功不如我，却与我争桃，不杀不足以解我恨。"

三勇士田开疆气往上撞，喊道："拿命来。"说时迟那时快，田开疆挥剑就刺，俩人你来我往，交战在一起。

众人吓得呆若木鸡，噤若寒蝉。

打着打着，大勇士略占上风，本不想再杀三勇士，无奈三勇士像斗红眼的公鸡，剑剑狠毒，招招凌厉，大有非杀死大勇士不可的架势。大勇士想看来今天不是鱼死就是网破，不是你死就是我活，实在忍无可忍，使出绝招又将三勇士杀死。

大勇士公孙捷手提淅淅沥沥滴着鲜血的宝剑，看看盘中那两枚又大又圆的鲜桃，目睹二勇士、三勇士血泊中的尸体，手中宝剑突然“锵锒锒……”坠地，仰天大笑道：“哈哈哈……昔日同甘苦共患难的兄弟，今日为争此桃，互相残杀。可怜古弟、田弟没死在敌将之手，却死在我之剑下。我纵然吃下此桃，又有何味？我若还有脸面独自活在世上也枉为勇士。士可杀不可辱，古弟、田弟等等我，我来也！”说完，举起右掌，运足力气，“啪！”的一声，拍在前额，头骨破碎，七窍流血，站立而亡。

齐景公陡然掀翻案几，张开双臂，老泪纵横：“三位勇士！我的三位勇士！疼死寡人也！”

晏婴见状，急忙上前扶着齐景公回宫。

走进宫中，齐景公破涕为笑，擦拭着眼角的残泪说：“晏相国这蟠桃宴之计绝妙、绝妙！终于除掉寡人的心腹大患，我齐国总算没有后顾之忧！”

几日后，齐景公刚上朝，忽有人报：“报主公，那日鲁侯见我三位勇士已死，今日亲率几十万大军前来犯齐。”

齐景公听罢大惊失色，文武百官面面相觑……

笑问客从何处来

马家庄第一大财主齐老爷的小老婆，终于不负众望给齐家生下一个小少爷。喜得年届花甲的老头子老泪纵横，捶胸顿足仰天长叹苍天有眼，引经据典给儿子起了个响亮的名字叫齐云飞，有空便用胡子拉碴的嘴巴，在儿子嫩嫩的小脸蛋上亲个没完。

老来得子的齐老爷像天下所有的父母一样望子成龙，儿子尚不满七岁，便忍痛割爱把儿子送往济南府内弟家，让其在那儿读书学习。

时光荏苒，眨眼间齐云飞长大成人，学富五车才高八斗荣归故里。有人劝齐老爷送儿子去海外留洋，齐老爷摇摇头说了声不。年事已高的齐老爷再不想让儿子离开一步，而是想要把儿子留下来，继承自己的万贯家产。

可是谁也想不到，齐云飞有他自己的抱负，根本没把齐家偌大个家业放在眼里。他向往的是大好河山，而不是当一辈子守财奴。当齐云飞把要去革命的话刚一说出口，便把他老子吓了个半死。也难怪把齐老爷吓成那样，到处都在剿共，凡是与共产党沾点边的，轻则投进大牢，重则脑袋搬家。

缓过神来的齐老爷当然不应，他就这么一根独苗，含在嘴里怕化了捧在手里怕飞了，怎么舍得儿子冒那个险呢?

执拗的齐云飞从小就是个九头牛也拉不回的主，任其老子怎么劝都无济于事，坚决要去革命。

齐老爷这时候才万分懊悔，不该把儿子送到外面，外面的世界很精彩，外面的世界很无奈。

从小对儿子百依百顺的齐老爷，这一次爱恨交加恶狠狠地吼道："就是砸断你的腿，养你一辈子，也不许你去！"血气方刚的齐云飞哪吃那一套，毫不畏惧地说："就是杀了我，我也要去革命。"

齐老爷一看硬的不行便来软的，给儿子娶进一个才貌双全的绝代佳人，想拴住儿子的心。论说到这一步，一般的人早该心满意足回心转意了，有美人有金钱还图什么呢？

洞房花烛夜，齐云飞动员娇妻和他一块儿走，可人家娇妻不愿意，说："你走吧，你前脚走，我后脚就上吊。"齐云飞叹息一声说："好男儿志在四方，我不会贪恋穷乡僻壤中的温柔和安逸，更不会苟且偷生。"

齐老爷见儿子仍然执迷不悟，害怕儿子不辞而别，遂将儿子锁进一间房内，逼迫他改弦易辙。这更刺激了齐云飞的逆反心理，坚定他要革命的决心。齐云飞对这种环境已经越发深恶痛绝，他特别反感封建、专制、独裁、自私的社会；尤其向往民主、文明、自由的社会……所以，聪明过人的齐云飞，乘人不备逃走了。他刚走，他的娇妻就在家自缢身亡。

齐云飞一走杳无音讯，从来没回来过，连封信都没有。

齐老爷爱子心切，曾四处打听儿子的消息，却都没有任何消息，就像大海捞针，哪有那么容易？

头一低许多年过去了，马家庄的天变成了明亮的天。齐家本来是地主，理应镇压，可因为齐云飞投奔革命，齐家便成了军属。村里大大小小的地主家破人亡、游街批斗；齐家老少却安然无恙、皮毛未损。

齐老爷临咽气说的唯一一句话是："云飞走对了，不然不可想象，我们家多亏了云飞啊！"

自打新中国成立的那天起，齐家就盼着齐云飞回来看看，可春去冬来一年又一年，就是盼不回来。

一晃几十年过去了，已经没人再想起齐云飞，比较一致的看法是，齐云飞早就战死在疆场，成为千千万万无名烈士中的一员。

就在人们完全把齐云飞遗忘的时候，齐云飞却回来了，在大大小小的官员众星捧月般簇拥下回来了，简直像从天而降！

白发苍苍老态龙钟的齐云飞拄着拐杖站在村口，仿佛回到梦里头。熟悉的小村庄还是老样子，山还是那座山，梁还是那道梁，田也还是那片田，要说变就是旧人换新人，就像田里稻麦倒下一茬又长出一茬。

进进出出的村民没有一个认识他的，像看到一帮天外来客，自然也就谈不上打招呼，只有几个不懂事的小孩围过来，齐云飞触景生情，眼睛湿润着轻轻吟起一首古诗："少小离家老大回，乡音未改鬓毛衰，儿童相见不相识，笑问客从何处来……"

物种宣言

动物界的一位博师生导师，站在讲台上提问学生："地球上什么动物是害虫？知道的同学请举手！"

课堂上的同学齐刷刷举起手。

导师环视一下四周说："请娃娃鱼同学回答。"

娃娃鱼说："是人。"

导师说："为什么？"

娃娃鱼回答："因为我已经没有了家，我的家被人类破坏了，好多好多的江海湖泊散发着恶臭。"

导师又说："请白天鹅同学回答。"

白天鹅站起来说："是人。"

导师又问："为什么？"

白天鹅啜泣着说："因为我早没有了家，人类不断地猎杀我们，我们没有栖息之处，只好四处流浪。"

导师说："请小白兔同学回答。"

小白兔淌着泪水说："是人。因为我也快没有家了，昔日绿草茵茵的陆地越来越沙漠化。"

导师指指小燕子说："你回答！"

小燕子呜咽着说："是人。原来天空就是我的家，我在蓝天白云阳光里自由自在地翱翔，可是现在天空成了垃圾场，乌烟滚滚，刺鼻难闻……"

“请老虎同学回答。”

老虎气呼呼地说：“是人。大家知道森林是我的家，可不知从哪天起，自私的人类滥采滥伐我的家。大家也知道原先我从来不吃人，还把人类当朋友，我为了报复人类破坏我的家，才开始吃人的。”

导师也擦擦眼泪动情地说：“如果这样下去，总有一天地球上的人与我们将一起灭绝，地球最终将毁灭。因为地球是人类和我们共同的家园啊！不过庆幸的是人类似乎意识到这点，开始保护环境，爱护我们，同学说对不对啊？”

“对，对，对！”学生们高声喊道。

“我倒有一个建议。”导师说。

“什么建议？”学生们异口同声地问。

导师清清嗓子说：“人类于1948年12月10日，在联合国大会上通过第217A（LLL）号决议，叫《世界人权宣言》，共30条，其中第1条是：人人生而自由，在尊严和权利上一律平等。这个宣言，只是对人类生存权的保护，并没有考虑其他动物的生存权，所以，他们才对自然界其他物种滥杀滥捕滥砍滥伐。既然人是物种，我们也是物种，我们应该享有与他们一样的权利，只有这样这个地球才安宁，地球上的各种物种才能和平共处，生生不息，不至于好多物种濒临灭绝！”

“那我们开始起草吧？”

导师说：“好，你们说，我来记。”

“第1条：各物种生而自由，在尊严和权利上一律平等。”

“第2条：各物种有资格享有本宣言所载的一切权利和自由，不分种族、毛色、语言、宗教、政治、物籍、身份、出生等任何区别。”

“第3条：各物种享有生命、自由和人身安全。”

“第4条：任何物种不得被施以残忍的、不人道的或侮辱性的待遇，或不正当的侵害。”

“第5条：各物种有思想、良心和宗教自由的权利。”

“第6条：各物种有权享有主张和发表意见的自由。”

“第7条：各物种有直接或通过自由选择的代表参与治理本地球的权利。”

“第8条：各物种都有受教育的权利，教育应当免费，至少在初级和基本阶段应如此。”

“第9条：各物种有权要求一种社会的和地球的秩序。”

“第10条：各物种对地球负有义务，因为只有地球存在，他的生命才得以延续，他的个性才可能得到自由和充分的发展。”

……

火　　候

我和青山是老乡，一个乡，不一个村。青山没参军前，在家卖烧鸡，祖传的，在当地很有名气。他入伍的动机，是嫌做一辈子烧鸡太没出息，不如出去闯荡闯荡，开开眼界，长长见识，不都说好男儿志在四方吗？再说他从小就向往成为头戴大盖帽，一身戎装，腰别小手枪，领兵打仗的人。万一他也混个团长、营长干干呢？

青山体检合格，拿到入伍通知书时，那个激动劲儿就别提了，比金榜题名还激动。

坐了三天三夜的火车，又坐了一天一夜的汽车，到达部队，青山的理想就破灭了。想不到是工程兵，在深山老林打坑道，听说是盛导弹用。

入伍后的第三个年头，军队培养军地两用人才，调查谁有特长。有的填司机，有的填木匠，有的填缝纫，青山填的是会做烧鸡。

想不到青山的特长引起连里的重视，让他做几只看看。青山爽快地答应了，对他来说这还不是小菜一碟？青山乘军车去山外买回大包小包的佐料，去附近的小山村购回活鸡，自己亲自杀。别人杀不了，杀鸡很有讲究，拔干净毛后，不能开膛，必须从尾部开个小孔，把肠子、嗉子抠干净，然后再把鸡翅、鸡腿、鸡脖、鸡头盘得能伏住。光那个盘法，我学了两个礼拜还不行。我负责给他烧火。别人烧火还不放心，做烧鸡重要的是火候，火该大时小了不行，火该小时大了不行。

烧鸡做得很成功，鸡皮脆黄明亮，令人馋涎欲滴，撕块鸡肉，白嫩柔软，香味扑鼻。消息风一样刮开了。

有的连队把青山请去做烧鸡，有的连队干部借口参观学习来品尝，有的连队派人来买。

青山一夜之间从一个吊儿郎当调皮捣蛋的人物，红得发紫。

一天，指导员把青山叫到连部对他说，基地司令员后天来咱连视察，你一定要拿出最好的手艺，做出最好最好的烧鸡，这关系到你个人的命运前途，还牵扯到好多人……

有小道消息说，司令员若吃着好吃，会带着青山去司令部，转志愿兵，提干很容易。

刹那间，青山的天空由黯淡无光乌云密布，变成云开雾散万里无云阳光灿烂。

青山卖命地干，两天两夜没合眼，我也陪着，得烧火。

那天，司令员来了，我是第一次看见司令员，格外的高大威武，昂首挺胸，声若洪钟。

部队里越是大人物到连队越不搞特殊化，就在连队的餐厅和战士们一块儿吃饭。既然是一块儿吃饭，就不能司令员的桌子上有烧鸡，别的饭桌上没有。

但是烧鸡不可能一般大，有大的，有小的，炊事班长就挑了两只最大的，放在了司令员的那张饭桌上。其他饭桌上就相对的小。按说这也是人之常情，总不能挑最小的给司令员吃。

我和青山还有几个老乡拿了一只不大不小的烧鸡，还去军人服务社买了瓶酒，到班里去庆贺庆贺。

青山先撕下一条鸡腿给我说：“给，你辛苦了。”

我狠狠咬一口，咽下去说：“万一高升了，可别忘了我，别忘了给你当过火头军。”

“忘不了，忘不了。”青山笑着说。

正在这时，传来汽车发动声，然后是汽车远去的声音。

过了一会儿，指导员、连长阴着脸破门而入，“你是怎么搞的，宋青山！”连长吼道。

青山说：“怎么啦？”

“你自己去餐厅看看！”指导员脸都黄了。

我和青山跑去一看，傻眼了，其他饭桌上的烧鸡都很好，唯独司令员饭桌上的烧鸡血淋淋的，别说吃，见了就想吐。

不用问，同样的火，小的熟了，大的没熟。

青山当了三年兵，复员了，没有入党，没有立功，怎么来的，怎么走的。走的那天，青山哭得像个泪人一样，还一个劲说：“我的命不好，我的命不好！”

我留下了，想转志愿兵，没想到第四年，我荣立一等功，破格提干。

一直当到营长。

今年我转业，到单位报到没几月，单位倒闭，我只能回家。

光在家闲着不行，我四处找工作。跑了不少地方才知道，别说我这么大年纪的人了，就是刚毕业的大学生，找不到工作的也大有人在。

那天，我正在街上闷闷不乐地走着，一辆豪华轿车迎面停住，我正要往旁边躲，一个人从车上下来，叫我：“老马！”

我停住一看，感觉挺面熟，但忘了在哪里见过。

“你认不出我啦？我是青山！”

青山拉着我去了一家豪华饭店，我们边喝边谈，才知道青山已是烧鸡店的大老板，还开了好几家酒店。

喝至半醉，我说：“要是那次烧鸡不砸锅的话，你现在起码也是营长了，比我强！”

他笑笑说：“老马啊，你不想想，我做了那么多烧鸡，还掌握不住火候吗？”

我立刻愣住了，端酒杯的手僵在半空。

你为什么不抛弃我

你理想中的女朋友，应该是美丽大方浪漫多情，就像电影电视中的女明星一样。谁让你是读着琼瑶阿姨的小说长大的呢？谁让你长得还算英俊并且多才多艺呢？谁让你还有一个不错的家庭和一份不赖的工作呢？

可理想总归是理想，有时候理想与现实相差十万八千里，现实中的女友却是既不美丽也不大方，既不浪漫也不多情。难怪定亲时，你经常哼的一首歌是：昨日的朋友悄悄地离去，就这样无声无息离开你，夏日风已吹远昨日醉心的恋情……

也许在别人眼里，已经是不错的了，这地方有一个国家特大型化工企业，男女比例严重失调，男的找对象难是不争的事实，有的小伙子都三十了还找不着对象。

形式上你们是伴侣，法律上你们是夫妻，可在你内心深处从来没有她的位置，更谈不上有共同语言。其实你一刻也没放弃寻找梦中的情人，一旦找到你就离婚。

她在家里很能干，家务活基本不用你动手，把饭菜端到你的面前，把衣服给你洗得干干净净。尽管这样，你还是动不动就发火，她从不与你争吵，逆来顺受，忍气吞声。她的工作单位也不好，又苦又累还挣钱不多，但她总是默默无闻任劳任怨地工作。

在她怀孕期间，你的梦中情人出现了。你狂热地喜欢上了她，这时候你经常哼的一支歌是：我一见你就笑，你那翩翩身影太美妙，和你在一起，永远没烦恼……

你怎么会不喜欢她呢？你看她水汪汪的大眼睛像甘醇飘香的美酒，白里透红的脸蛋像熟了的红苹果，瀑布般的长发飞流直下三千尺，魔鬼般的身段令人百看不厌，并且会化妆、会打扮，整天光彩照人花枝招展。

一天夜里，你翻来覆去睡不着，终于鼓起勇气说："我们离婚吧？"

你猜不出她会怎么反应。

不料，她淡淡地说："你想离就离吧。"

这回倒是你沉默了，不知为什么，你竟多了一份犹豫多了一份牵挂。

后来你了解到，那是个以貌行骗的女孩子，骗得不少人人财两空，名声很不好，你不禁倒吸几口冷气，悄悄撤退。

后来，妻下岗。你整日愁眉苦脸唉声叹气，可妻却不声不响在路边摆地摊，把辛辛苦苦挣的来钱，如数交到你手里。

这时候，你的生活里又出现一个女孩，漂亮年轻，单位也好，非常喜欢你。一天夜里，你拥抱着她，激情似火。女孩说："只要你愿意，你想怎么就怎么吧，但是你必须离婚，与我结婚。"你左想右想，最终还是克制住了自己。

几年后，妻的单位重组，妻又回单位上班，并且效益还不错。这时你却身患重病瘫痪在床，妻请假日日夜夜陪伴你，端屎端尿，洗衣做饭……

有一天，你说："我们离婚吧，我跟一个废人差不多，我不愿拖累你。"

妻什么也没说，仍然精心伺候你。

一天你的眼泪再也忍不住，夺眶而出，哽咽着说："这么多年来，我从来没给你买件首饰，从来没给你买件好衣服，从来没问句冷暖的话，你为什么不抛弃我？"

妻说："我知道我没有好的容貌，没有好的经济条件，只有一颗好心。在找你之前，我谈过好几个对象，一见面我就对人家说，我什么都没有，就有一颗好心，可人家扭头就走。虽然我不称你的心不如你的意，可你始终不变心，这时候我怎么能变心呢？"

你说："是啊，我有时在想，夫妻到底是什么？是老了走不动路了，有个人搀扶着你；是病了爬不动了，有个人给你端杯水拿片药；是孩子们都各自过日子了，有个人陪你说说话唠唠嗑……

村　殇

当故乡那熟悉的身影扑进眼帘时，小刚的脚步更快了。也就在这时，小刚看到远处有两个人围着一棵大树追逐。开始没注意，以为那两人闹着玩，越往前走越觉得不对劲，原来是一个男人正在抓一个女人。小刚连犹豫也没犹豫，飞似的跑过去，说："光天化日之下调戏妇女，岂有此理！"小刚认得那男人是本村的胡虎。胡虎一边骂他狗拿耗子，一边动手，女人趁机逃走。小刚初生牛犊不怕虎，加上胡虎不知在哪里喝得站不稳，被小刚打翻在地。

吃着晚饭，小刚把他见义勇为的壮举绘声绘色地说出来。他父母一听，大惊失色，说："你整年在外上学不了解情况，胡虎是村里的一霸，吃喝嫖赌，无恶不作，与邻村的几个坏人勾结成伙，横行霸道。你吃完饭快出去躲躲。"

晚上，胡虎果然领着人闯进来，找小刚报仇。没找着人，锅碗瓢盆，一砸而光。临走时还说："老子非治着他赔礼道歉不可。"

小刚回家后，他父母说："你看你闯的祸。"

小刚说："明天我也找几个人还回来。"

他父母说："你找上人打他，他找上人打你，啥时候是个头？俗话说好鞋不踩臭狗屎，你找他去认个错算啦。"

小刚想想说："不行。"

第二天，小刚到村长那里告状。村长听完说："太不像话，不过你放心，村里不会不管。"

小刚心里很痛快，心想，有办法治你。

不料，小刚才到家，胡虎找上门，把他一顿痛打。

小刚一瘸一拐又去找村长。村长说：“那你就去给他道个歉，好汉不吃眼前亏。”

小刚问：“为什么？”

村长说：“你又不是不知道他是啥人，别去和他一般见识。”

小刚失望地从村长那里出来，便往乡里写信告胡虎。几日后，村长打发人把小刚叫去，大发雷霆：“一点小事，你往上写哪门子‘人民来信’，人家都是大事化小，小事化了，你可倒好，非把小事搞大不可！”

小刚回到家左思右想，觉得不可思议，自己见义勇为有什么错？于是，再往县里写信，却一直没有回音。

小刚决心为民除害，为自己伸冤，去了派出所。派出所来了两个民警把胡虎带走了。村民都说这回可除去一害。受欺负的更是扬眉吐气。可是，派出所来了解情况时，找谁谁也支支吾吾，都怕胡虎判不了死刑，回来算账。胡虎很快被放了回来。回来后更加变本加厉，飞扬跋扈，口出狂言：“告到哪里，老子也不怕！”

小刚的亲朋好友都来劝：

“大丈夫能屈伸才行。”

“小不忍则乱大谋。”

“委曲求全。”

何葆国卷

何葆国，男，中国作协会员，福建省作协全委委员，漳州市作协副主席。已出版长篇小说《山坳上的土楼》《同学》《土楼》《冲动》，中短篇小说集《土楼梦游》《来过一个客》《爬墙回家》《石榴疯狂》《潜入地里》，长篇散文《驿站》《永远的家园》（中文版/英文版），小小说集《命运敲门声》《八月盛宴》，故事集《牛村驻马办》等23部。另有已发表的长篇小说《伪币之家》及中短篇小说、散文随笔百余万字待结集出版。编剧的电影故事片《工地上的女人》等已在央视播映。曾获美国新语丝网络文学奖一等奖、福建省百花文艺奖、福建省优秀文学奖一等奖、国家优秀艺术图书奖，2009年获冰心儿童图书奖。

命运敲门声

1

房门上响起持久、顽固的声音，看来我要是不开门，它就是三天三夜也不肯停下来。

我只好搁下手中的笔，走过去把门打开，心情一下子变得很坏。

又是他！一个叫作简进的狂热级文学青年。

都怪一个亲戚多事，把他介绍给我，这些天来他几乎天天上门，要我指点他那狗屁不通的文章。昨天我不得不硬着头皮对他一篇所谓呕心沥血的新作提了几点意见。

“邹老师，我遵照您的意见修改好了。”简进谦恭得有些畏葸地双手呈上一叠稿纸，“请邹老师……”

我想发火，但最终还是克制住了。从他手上拿过稿子，我淡淡地说：“我帮你推荐出去，你就在家里等着消息吧。”

“谢谢，”简进接连点头哈腰，“太谢谢了，邹老师，真是太感谢了……”

简进走后，我再也没有情绪继续写作，心想，这家伙想发表想疯了，天天上门骚扰，这可如何是好？我忽然想到去年有篇旧稿，自己不大满意，一直没有寄出去，干脆……我找出旧稿，署上简进的名字和地址，给一家熟悉的报纸寄去。

大概半个月后，简进来了，看样子他激动得面孔都有些变形，手颤抖了许久才从口袋里掏出一张报纸。我一看，正是我署上他名字的那篇稿子。

“邹老师，您帮我修改的文章终于……终于发表了……”他的声音激动得哆嗦。

“很好嘛，这是第一步，希望你不要骄傲，继续努力啊，不要荒废了时间啊。”我煞有介事地教导他。

“是，是，是。”

从此，我很长一段时间没有看到他。也许他上门找过我，但我不在，总之我渐渐把他忘了。大概是四年之后，我到一个亲戚家闲坐。他忽然问我，你还记得简进吗？我摇头。他说，就是那个我介绍他去找你的文学青年啊。我一下就想起来了。他叹道，一个好好的人迷恋什么写作，现在疯了，我们活活把他害了！原来，简进在发表“处女作”的巨大精神动力之下，没日没夜地写，最后连班也不上了，被单位除名，但他仍旧一个劲地写啊写……可是再也没有发表一个字，他就疯了……

我听得胆战心惊，忽然觉得自己是罪魁祸首。

2

房门上响起持久、顽固的声音。看来我要是不开门，它就是三天三夜也不肯停下来。

我只好搁下手中的笔，走过去把门打开，心情一下子变得很坏。

又是他！一个叫作简进的狂热级文学青年。

都怪一个亲戚多事，把他介绍给我，这些天来他几乎天天上门，要我指点他那狗屁不通的文章。昨天我不得不硬着头皮对他一篇所谓呕心沥血的新作提了几点意见。

“邹老师，我遵照您的意见修改……”简进谦恭地说。

“行了，我不看了。”不知怎么，我忽然克制不住自己，粗暴地打断他说，“你根本不是搞文学的料，修改一百遍也没用！”

简进一脸窘迫。

“我劝你别白费劲了，把时间和精力拿去搞点别的东西。现在改革开放，干什么不行，偏偏要在文学树上吊死……”

我正口若悬河，忽然发现简进不见了。不知他什么时候偷偷跑了，他一定受不了我的尖刻——管他呢，我继续写我的。

大概是四年之后，我有一天上街取稿费，忽然一辆轿车嘎地在我身边停住，我吓了一跳。车窗里探出一张熟悉而又陌生的面孔。“邹老师，你忘记我啦？”原来是简进！他下了车，热情地握起我的双手，“邹老师，你真是我的再生父母啊，我真不知如何报答你！”我懵头懵脑的。“我当初痴迷文学，是你一番话让我迷途知返啊，我真不知道如何感激你！”

原来，简进被我批了一通之后，丢掉文学转身扑通跳人“海”里，现在有了公司有了车，连别墅也有了。不久，简进诚心诚意拿了数万元，帮我出了一套文集。我以恩人自居，觉得理所当然，但心里不免酸溜溜的。

3

房门上响起持久、顽固的声音，看来我要是不开门，它就是三天三夜也不肯停下来。

会不会是他？好吧，我就是不开门，看你的耐性有多好！

大概十五分钟之后，敲门声渐渐弱下去，像一朵云飘散了……

秀 水 婆

圩尾街的秀水婆原先是很会说话也很爱说话的，看见一只鸡走过也能说七八句话。她出现在哪里，就把话带到哪里，好像一只饶舌而欢快的麻雀。可是三年前她丈夫病故之后，她的话就渐渐少了，好像秋寒里的树叶一片一片掉落。后来，她到聋哑学校当了校工，话更少了，甚至不再说话了，好像这辈子该说的话都说完了。有一天，她忽然回到圩尾街，跟人打招呼，没有说一句话，只是打着手语。她手上拿着一叠冥纸，朝山那边比了比，大家终于明白她是专程回来给亡夫烧纸钱的。有人对她说，你儿子当局长啦，你怎么不跟着他享福？她浅浅一笑，没说什么。

她又回到了聋哑学校。除了丈夫的忌日和清明节，她都不出校门一步。每天天刚蒙蒙亮，她便走出那间栖身的小屋，给住宿的聋哑学生烧水做饭。米在锅里沸腾着，她提了扫把，开始清扫校园甬道。扫完回来，饭也正好煮熟。聋哑学生来了，她一手收取他们的餐票，一手给他们舀一勺稀饭夹两块豆腐干或者萝卜条。学生们排着队，井然有序不吭一声，她也同样不用说话。这一切无声而默契，好像一部经典的电影默片。

卖完早饭，她把剩余不多的饭吃了，然后给校长室、办公室送去开水，把那里的桌椅细细擦过一遍，把地细细扫过一遍。学校出纳兼食堂总务把当天的菜买回来了，她就开始择菜淘米，准备午饭。午饭过后，她回到自己的小房间，吱一声把门关上，这是她一天里弄出的最后的声音。日子就这样，一天又一天，一年又一年，无声无息。

有一年清明节，她回来给亡夫扫墓，大家惊讶地发现她几乎不会说话了，好像舌头变得僵硬。她老练地向大家打着手语，看来在聋哑学校耳濡目染学了不少。有人对她说，你儿子现在当了副县长，你可以享福了，干吗跟自己过不去？她神情木然，向大家打了一个手语，可是没人明白她的意思。

听说她那当副县长的儿子几次派人到聋哑学校找她，想把她接到家里，她用沉默表示了拒绝。后来，儿子不得不亲自跑来。你是不是想给我难堪？儿子说，儿子像是要哭出来了。你知不知道现在传我的坏话传得有多难听！她仍然用无边无际的沉默表示了拒绝。

不久，她儿子因受贿被捕入狱，她得到这个消息，没说话，脸上是一层厚厚的沉默。她的手脚越来越不灵便，毕竟岁数大了，而且学校本来就是看在她儿子的面上聘用她的，这时就把她辞退了。这样她就回到了圩尾街。大家常常看到她坐在老厝门前晒太阳，阳光把她脸上的皱纹照得纤毫毕现。那一道道皱纹金光闪闪，仿佛跃跃欲试想要说出它所知道的故事。有一天，她突然开口说话，这使大家感到很惊讶，好像她原来是个哑巴似的。她说她昨晚梦见了亡夫，那个死鬼，她一边习惯地打着手语一边艰难地说，他看不懂我的手语，真把我急死了！大家发现她的声音变得浑浊，咬音不准，好像口腔里堵了一口大痰。她哆嗦着嘴唇说，真把我急死了，他看不懂我的手语！

有一颗泪在秀水婆眼角边晃颤着。

爷爷的一生和一座庙有关

圩尾街万岁爷庙开工重建的那一天，爷爷特别早起来——或者根本就没上床合过眼。我 4 点多下床小便时，他已盘腿坐在老凳条上，好像老和尚坐禅一样，无所想又无所不想。这一天对爷爷来说具有相当重要的意义，他艰苦卓绝地念叨了 30 多年。

1948 年冬天，解放军打到了我们土楼乡。出身长工生活有上顿没下顿对剥削阶级充满刻骨仇恨的我爷爷毅然决然参加了农会，而且立即当上了农会主席。据说当时解放军的工作队队长（又据爷爷说，后来当过中央什么部的副部长）很重视他，动不动就称赞他无产阶级觉悟高思想进步，是颗革命种子。

我爷爷斗地主斗恶霸，每天从早斗到晚。一个寒冷的夜里，爷爷他们农会开完了会。那个工作队队长在会上念了一个什么报告（爷爷说记不清了，我想那一定很有鼓动性），爷爷显得格外兴奋和激动，心中发酵般胀满某种革命的渴望和要求。外边的天气更冷许多，爷爷他们回家路过“万岁爷庙”——据说当时庙很小而且衰败，只有一尊开始剥落的万岁爷泥像，供桌瘸了条腿，上面的供物就跟大家锅里的食物一样穷酸贫乏。

看到万岁爷庙像个佝偻的老头躲在黑暗之中，我爷爷心里突然升起一股无名之火：过去初一、十五都要供奉你，省吃俭用拜你拜了半辈子，求你保佑，赐个饭饱衣暖有田做，可你的心肝给狗吃了让狼撕了，只保佑那些地主恶霸有钱人，偏偏不保佑穷苦人，要不是来了毛主席大救星，我们还要吃多少苦啊！当时爷爷高声对他的革命伙伴说：“啥货万岁爷，是个偏心眼的，你说他什么时候保佑过我们？倒是保佑了那些地主恶霸有钱人，一个个养得白白胖胖。现在我们斗地主闹革命，也要斗斗这个反动的万岁爷，把庙拆了！”大家革命热情高涨，马上就附和就赞成就动手。不用说，爷爷干得最积极最卖力，流汗也最多，前后脱了三层衣服，他亲自将万岁爷泥像推倒在地，用棍棒捣了个粉身碎骨。爷爷劲使得太大，不小心扭了一下腰，那时他并不在意。第二天，我爷爷的腰大痛起来。其实以前也常常痛过的，但往往痛一会儿就好了，这次却没完没了地痛。推拿无效，吃药也无效，大家都说是万岁爷找他算账，谁叫他出主意拆庙，还动手推倒了万岁爷？神灵是能随便革命的吗？爷爷一听，立即哭丧着脸骂自己，你呀你，手闲剁给猪吃，你拆神庙干啥货用？报应啊报应！爷爷的腰痛似乎一天比一天厉害起来，阴天、雨天都要痛得杀猪般乱叫。因为这个原因，爷爷不再积极革命，丢掉了农会主席的职务，工作队队长也不再将他当作“革命的种子”。爷爷在回忆往事时跟我说：“腰整天痛死人，你还干个屁？命要紧啊。”毫无疑问，这是个遗憾。如果爷爷 1948 年农会主席干下来，最后弄个厅级干部可能都不成问题，腰痛真是害人精！当时有个巫医告诉爷爷：只有重建庙宇，乞求宽恕，方能消病去痛，除此之外任是灵丹妙药也是大便一堆。也就是从那天开始，爷爷在心里营造了一座又一座金碧辉煌的万岁爷庙。但是，他没钱，万岁爷庙一直没有真正地在圩尾街的原址上耸立起来。这“一直”就是 40 多年，爷爷即使忍受剧烈的腰痛，也不求医也不问药，他心中只有一个坚强的信念，就是：多攒点票子，等机会来临，早日重建万岁爷庙。

夕阳西下，庙址一片苍凉惨淡，爷爷常常出现在废址面前沉默幽思，眼神中流露出一种孤独。盼星星盼月亮，机会终于来了。这些年，父亲办加工厂赚了些钱，他一下甩给爷爷 5000 元，加上在沿海地区当局长的叔叔寄来 1000 元，加上爷爷自己几十年攒的 2400 元，这些钱使爷爷的腰挺了起来，当即召集几个长者商议，由他牵头搞募捐，不用说，爷爷将自己的钱全部捐献了出来。经他一鼓动，最后弄到差不多 8 万块钱，就搬了历书看过罗盘，将开工的日子定了下来。当然修庙总指挥非我爷爷莫属。

我白天在土楼乡中学念书，没有亲见万岁爷庙兴工重建的盛大景观。晚上回到家里，看到爷爷容光焕发，灿若桃花，我就猜测爷爷他们肯定干得十分顺利，场面肯定热烈、隆重、愉快，充满吉祥征兆。

碗筷摆上桌来，爷爷突然朗声叫道："阿文，拿酒来。"我遵命去拿了一瓶酒。爷爷自个儿点点头，说："哈哈，这病了几十年的腰不痛啦，哈哈，今晚要好好喝几杯。"

万岁爷庙建成了。听老一辈人说，面积至少比过去扩大了三倍，水泥、油漆、雕梁、画栋，万岁爷像全身金光闪闪富有新时代气派。庙门前立一块石碑，刻了三四百个修庙人的姓名，不用说爷爷出钱最多，出力最多，他的名字排在第一个。万岁爷庙成了我们圩尾街最堂皇富丽的建筑。套用一句流行的话来说，这里面的功劳有大家的一半，也有爷爷的一半。

万岁爷庙的香火兴旺起来，爷爷的腰不再痛了，他逢人就说，这下好了，这下好了。爷爷仿佛越活越硬朗。可是修庙几个月后的一个下雨天，爷爷突然腰痛得坐不住，他紧咬牙关，豆粒大的汗爬满一脸，他没哼一声（以前腰一痛就呻吟，这次真让人蹊跷），颤抖着进屋去。几天后，爷爷死了。爷爷留下的最后一句话："万岁爷托梦给我说，庙修得小气，庙前要修一亩的水泥平地，你们要修啊……"

会跑的布娃娃

小燕有一只矮她一头的布娃娃，布娃娃的屁股上有个小开关，只要一打它，它就会咿咿呜呜地哭起来。两年前，小燕三岁生日时，妈妈为她买了这只布娃娃，当时它跟小燕长得一样高，小燕很爱它，从来不舍得打它。

去年十月，小燕的爸爸和妈妈吵架吵得很厉害，就离婚了。小燕听说妈妈到一个叫做“美”的很远的国家去了，她跟爸爸一起过。爸爸在工厂里上班，每天回家都是皱着眉头苦着脸，小燕看了就很害怕。不久，爸爸上两天班，就要在家里歇好几天，他一个人在家里喝着酒，喝得满脸红扑扑，常常抓住小燕打屁股。开头小燕还哭，渐渐地她就不哭了。她忍着疼痛，回到自己的小房间里，抓起布娃娃，摁在床上就打它的屁股。布娃娃发出一阵阵哭声，好像是在求饶说：“别打了别打了，我再也不敢啦。”小燕打得手酸了，才停下手来，她感觉到心里好受多了。这样，小燕就养成一种习惯，只要爸爸一打她，她就回房间来打布娃娃。

这一天中午，爸爸从厂里回来，嘴里呼着酒气，走路摇摇晃晃的。他一进门就叫小燕拿拖鞋过来，小燕动作慢了一点，他伸手就在小燕的屁股上打了两下，说：“去死呀！”小燕痛得不敢叫，眼泪汪汪的，快要掉下来了。爸爸倒在沙发上呼呼睡着了。小燕跑进房间里，抓起布娃娃，狠狠地打。布娃娃的哭声一声比一声高，小燕一边打一边说：“看你还乖不乖？乖不乖？”布娃娃哭得上气不接下气，好像脸都肿起来了。它的哭声越来越难听，干号一样拖着腔，渐渐哭不出来，原来是没电池了。小燕把布娃娃扔在地上，模仿爸爸的声音说：“去死呀！”然后又学着爸爸的样子，背着手，气咻咻地走出房间。

小燕一个人在家门口玩了好久，她不想再玩下去了，就回到房间里。这时，她发现地上的布娃娃不见了，四处找起来，还是找不到。她想，布娃娃一定是被她打得太痛，受不了，跑了。这样想着，小燕就很难过，呜咽着说："布娃娃，你跑到哪里去了？我再也不打你了，你回来吧！"小燕在家里四处找了一遍，走出家门继续寻找。

小燕的爸爸在沙发上睡了一觉，醒来后发现小燕不在家里，就出门向邻居打听有没有看见小燕。邻居一个十岁的男孩告诉他："小燕说她的布娃娃跑了，她到街上找布娃娃去了。"小燕的爸爸叹了一声，心里想，这孩子真是的，布娃娃怎么会跑呢？准是你自己想跑到街上玩，看我回来怎么收拾你！小燕的爸爸到附近几条街道找了一遍，没有找到小燕。天渐渐黑了，他感到了一些不安，返身跑回家里，小燕还没回来。他不得不上街继续寻找，找了一夜，还是没找到。他回家找那只布娃娃，居然也没找到，果真布娃娃是跑了？小燕找布娃娃去了？他越发感到事情太蹊跷了，心里直懊悔不该打小燕。

第二天，小燕的爸爸到派出所报了案。有人给他出主意，让他到电视台做个寻人广告。这样，小燕的爸爸就上了电视，他含着眼泪说："小燕，你跑到哪里去了？我再也不打你了，你快回来吧！"他手上抱着一只新买来的布娃娃，"你看，你的布娃娃也在等着你呢！"

可是，小燕找她的布娃娃去了，从此再也没回来。

八月盛宴

申晓佳在外面吃了快餐才走回家去。他不想在餐桌上看老爸的脸色听老妈的唠叨，那会使他吃不下饭，吃下去了就想吐出来。

打开房门，晓佳像做贼一样蹑手蹑脚的，但坐在客厅看电视的老爸老妈几乎同时扭过头来，射来两道不够友好的目光。

今天财政局老杨的儿子收到通知书了，他是本一的，比你多了二十来分。老爸像在主席台上发言一样，绷着脸说。他是马铺县统计局的副局长，在政府大院里，谁家的什么人收到通知书，他一般都能很快掌握情况，从某种意义上说，这是他近几年来在八月份的工作重点。

我是本二的，可能过几天也会来了。晓佳脸不红心不跳，很平静地说。

老妈接上话茬，带着责备的语气说，你呀，要是认真点，去年就能收到通知书了。

因为去年没收到录取通知书，晓佳在老爸老妈的压力下复读了一年。那时他是真不想复读了，准备到深圳投奔开公司做生意的表哥。老妈说，现在没大学文凭，你怎么在社会上混？老爸说，我这些年参加别人家的升学宴，据不完全统计，也快有八十次了，平均每次送红包一百元，也有八千元了，你怎么也得创造个机会，让我回收一些红包回来呀。晓佳突然发觉老爸还是有些幽默感的，算了，为了他的红包，就作出一点牺牲吧。

经贸局的老周女儿上的是重点线，明天晚上就要请客了。老爸说。

我的通知书可能也快了。晓佳说。

这就好，我们到时在中闽大厦摆个三四十桌。老妈说。

今年刚考完，晓佳就知道跟去年一样没戏了，但是面对老爸老妈关切的目光，他却是镇定自若地说，考得很好，超常发挥。当他从电话里查询到自己的确切分数后，随即加了120分，然后打电话告诉给正在统计局上班的老爸。听着老爸连声叫好的声音，他突然感觉是得到老爸的真传了，轻松地把数字变动一下，就皆大欢喜了。

当申晓佳把录取通知书丢在老爸面前的茶几上时，他眼珠子似乎很艰难地转动一下，像是把卡在咽喉的物品猛地咽了下去，突然拔尖了声音叫道，来啦，好呀！

这张申晓佳从街头办证团伙那里定制的录取通知书就在老爸老妈的手上不停地传递。老爸打开了他的一本有些历史的笔记本，里面记载着他历年来的人情应酬，亲朋好友、同学同事，各种名目的宴席：结婚、寿辰、迁居、升职以及升学。逐渐增多的是子女升学宴。早几年，红包是20元，然后便一路看涨：28、40、60、80、100。当然这都是行情价，关系密切的一般在行情价上翻一番。老爸握着笔记本对老妈说，这就像买股票一样，现在终于可以兑现金了。他们欢天喜地地开始规划请客的时间地点和档次，脸上荡漾的是一种报偿和发财的喜悦。对他们来说，晓佳的“录取”变成了一种手段而非目的。这让晓佳心里稍稍有些宽慰。

八月的最后一天，申晓佳的升学宴在中闽大厦的宴会厅隆重举行。老爸老妈穿戴一新，站在大门口热烈地热情地迎接各路客人。他们胸前佩戴一朵迎宾的礼花，满脸笑容，一边接受来客的祝贺，一边将他们送上的红包一一笑纳。

宴席一共摆了三十八桌。

开头晓佳还坐在比较显要的那张宴席上，接受一些亲朋好友和同学的祝酒，后来他到了卫生间就没再回来了，似乎也没人注意到他的退席。宴席依旧在一片欢声笑语中继续着，并且不断掀起一个个高潮。从某种意义上说，升学宴已经和晓佳的“升学”无关，变成了他老爸老妈的一项人际社交工作。

第二天，晓佳就到了深圳。他还是打了个电话回来，犹豫片刻，他还是把实情告诉了老爸。出乎他意料之外的是，老爸并不诧异。老爸只是轻叹一声，说：

"我能看不出来吗？我早知道你的底细了。"

"那你怎么不说？"晓佳说。

"我揭穿你干什么？像我们统计局报上去的数字，上面也能一下看出来，但是谁喜欢揭穿你呢？"老爸说，"我不跟你多说了，你在深圳好自为之吧。"

丢　失

铿然有力的摩托车声刺破了校园夜晚的寂静，应道明听着它越来越近，最后就在自己的耳边嘎地停止。

“一架车神气什么……”应道明嘴里咕哝着，把手上的书丢到一边，站起身关上窗户。但是他还是听见了梁天华咚咚咚上楼的声音，很刺耳。

梁天华是他的对门。十年前他们一起分配到这所近郊中学，全都是政治课教员，可是他们的关系很一般，仅限于见面打个潦草的招呼。上个学期，梁天华办停薪留职，跑到外头一家什么公司干。这学期上头下达文件，要求停薪留职的教师全部归队，梁天华就回来了。大家发现他脸色比先前黑了一点，但是精神状态很好，而且胯下多了一辆铃木王，全校第一架铃木王！

关上窗户，小房间的空气立即显得燥闷。正在看电视的老婆于萍扭过头来，不客气地说：“你有病是不是？”应道明讷讷的，猛地把窗户推开。他一眼看见了梁天华的铃木王，在月光下像一只红色的巨鸟，时刻准备腾空飞起。

“早晚会被人偷走。”应道明说。

“你说过多少遍啦。”于萍不耐烦地说。

应道明第一次看见梁天华的铃木王停在宿舍楼前的空地上，便以毋庸置疑的语气告诉老婆，它早晚会被人偷走。于萍有个表兄上个月丢了一架新买的太子车，而自己前天刚刚丢了一架自行车，所以她对丈夫的预测表示支持，她的理由是现在小偷太猖狂了。但是一周过去了，一个月、两个月过去了，梁天华的铃木王并没有失窃，几乎天天晚上停泊在他们家的窗户下面。于萍早已不管他那么多了，只有应道明常常念叨着它。

“前天晚上工商宿舍一下子丢掉两架新车，你没听说过吗？”应道明对老婆说，“它早晚也会被人偷走。”

“偷不偷跟你有什么关系？”于萍说。

“跟我是没什么关系，”应道明说，“可我敢肯定它早晚会被人偷走！”

于萍懒得跟他说话，专心地看着电视。

第二天，学校的起床铃还没响，应道明便起了床。他走到窗前，不禁一惊：梁天华那架铃木王还在老地方，在晨曦里显示着刚健流畅的身影。整夜没有牵进屋里，居然没丢掉。应道明心想，梁天华这小子运气真够好的。他有个同学把摩托放在楼下，车锁也锁了，上三楼拿个东西下来，摩托不见了，前后不过十分钟，可是梁天华整夜把摩托放在外面，居然……应道明越想越气愤，连上午上课也没了情绪，频频向学生无端发火。

中午蹲公厕的时候，应道明听见隔壁有两个老师在发布新闻，说梁天华想要承包校办工厂，昨晚请校长喝了一顿酒。应道明一下就明白，梁天华昨晚肯定喝得差不多了，不然怎么会把摩托整夜扔在外边？这鸟人运气也真够好，摩托车整夜扔在外边怎么就不被人偷走呢？一想到这，应道明心里就有气，越想越气，气得都便秘了。他提起裤子，说道：“早晚要被人偷走。”

“你说什么？”那个新闻发言人不明白地问他。

“早晚会被人偷走，”应道明说，“我说梁天华的摩托车。”

“是啊，一不小心就会被人偷走，这年头盗贼太多啦。”那人深有感触地说。

应道明很有收获地走出公厕，满载而归。

日子过得很快，一晃期中考过去了。监考、改卷、讲评，紧张了几天，现在又可以放松一阵子了。实际上，放松了也没什么事干，应道明常常站在窗前发呆。梁天华的铃木王常常出现在他的视野里，有时候是飞啸的，有时候则是沉寂的。应道明看着它停在窗下，像是一只飞不动的巨鸟，心想，怎么就没人把它偷走呢？昨晚国税宿舍不是丢了一架剑车，小偷怎么就不来这边看看！

又是许多天过去。期末考眼看就要到了。梁天华的铃木王依旧在他的胯下。他常常一上完课，就跨上车，呼的一阵风，跑了。应道明常常看着他呼啸而去的背影，心里涌起一种莫名的悲伤和失望。这个城市天天都有人被偷走摩托车，怎么就轮不到梁天华这鸟人的头上？一天夜里，应道明的肚子发生了一些事件，慌慌张张来来回回跑了五趟厕所。他最后一趟从厕所出来，走到宿舍楼前的时候，一眼看见梁天华的铃木王停在那边，心里怦然一跳。这是怎么了，他也不明白。

铃木王在月光里静静的，闪着一种迷人的光泽。应道明看呆了，他想，怎么就没人把它偷走呢？

校园里寂静无声，仿佛一切都已沉睡。应道明向梁天华的宿舍看了看（黑糊糊一片，真奇怪），向四周看了看（没人，连个人影都没有），他蹑手蹑脚向铃木王走去，心跳越来越紧，但是随着靠近铃木王，心跳渐渐恢复正常……

第二天一早，梁天华发现他的铃木王不知去向。

免费午餐

我在街上找着吃饭的地方。这时候正是用午餐的黄金时段，大大小小的饭店都像赶集一样热闹，还有满街都是准备吃饭的人，这时候你才会明白吃饭是一件多么重要的事。我好不容易在弯角找到一家新开的快餐店，它好像是有意躲着人似的，位于弯角一个很不容易发现的角落，所以店里生意清淡，与街上形成鲜明的反差。

我快步走进店里："老板，给我来一份套餐。"我就在向着里面的一张长长的餐桌走去。我刚坐了下来，这张餐桌上唯一的一个食客转过头，我一看，原来是——"是你啊，瑶，好久不见了。"

"怎么，大老板也吃起快餐来啦？"瑶脸上带着笑，嘴里含着饭。

"别笑话我了，什么大老板？有上顿没下顿的，都快成灾民了！"

"最近做什么？公司生意还好吗？"

"你问哪家公司？金达还是南光？我后来又搞了一家天利。不过，你也是知道的，现在不比前几年，生意不好做啊。"

"大老板，别跟我叹苦经，我又没找你借贷。"

这时，我的套餐上来了，最显眼的是一条鸡腿。我一看，瑶面前也有这样一条工业化生产线下来的鸡腿。我说："吃吧，你别老看着我。"

"谁看你呀？我吃得差不多了。"

"你饭量还是那么小？减肥是不是？"

"你看我用得着减肥吗？"

我看了瑶一眼，我无法判断。我说："你最近怎么样？"

"还是老样子，上班，生活，就这么回事。"

我吃着饭，点点头。

"你呢？结婚了没有？"

"没有。你呢？"

"没有。"

"没有就好。"

"你这什么意思？"

"什么意思？没什么意思。"

"没什么意思就好。"

"那我又问你，你这话又有什么意思？"

"你说能有什么意思？"

我和瑶都笑了起来，心情十分愉快。

"我先走了。"瑶说着站起了身。

"再聊一会儿吧，很久没跟你这么闲聊了。"

"不行，我下午还有事。"

"什么事？该不是与情人约会吧？"

"个人隐私，无可奉告。"

"再聊一会儿吧。"

"你还有什么话要说？说吧。"

"我，没什么话说了。"

"那就好，我还以为你千言万语说不尽呢。"

"傻瓜才千言万语。"

"对，你不是傻瓜。"

我笑了一下，从嘴里吐出一小块肉骨头。"有空给我打电话吧，你好像很久没给我打电话了。"

"你电话号码没换吗？"

"没换，还是那个号码。"

"行，我有空给你打。"

“号码还记得住吗？”

“记不住，翻翻本子也能找到。”

瑶向我挥一下手，走了。

我埋头吃饭。我很快把眼下所谓的套餐吃干净了。“老板，多少钱？”

“刚才那位小姐帮你付了。”

我准备拿钱的手从口袋里伸了出来，在餐桌上的牙签罐里取了一根牙签，一边剔着牙一边走出了快餐店，我想我吃了一顿免费午餐。

顺便说一下，瑶是我前妻，我们半年前友好地分手了。

边 走 边 说

有人叫我，可是回头四处寻找，却找不到叫我的人，我这才知道这原来只是幻听。这种情况出现好几次了，现在我又听到有人叫我，我坚决地不想上当，可是那人又叫了一声，我真切地听到了那清脆的女声，我连忙回过头——

“老何，你怎么啦？叫你都不肯吭声？”

“唔，是你啊小芳，我没听到你叫我，对不起对不起。”

小芳是一个挺可爱的姑娘，穿着一件湖蓝色连衣裙。我记得去年夏天她就穿这件连衣裙了，不过那时她好像比现在瘦一点，裙子就显得不是很合身，现在好了，她丰满了许多，裙子穿在她身上，就像是她的皮肤一样，把她的身材表现得很好。

“你到哪里去？看你气色好像不是太好。”小芳说。

“到邮局领汇款。”

“是稿费吗？你还在写东西呀？”

“我不写东西能干什么？没了工作，就靠这个为生。”我说。

“其实，当时你可以不用辞职的。我觉得，一个人想写作，他可以一边工作一边写作嘛，工作给他生活上的保障，这对写作有好处嘛。”

“所有的人都是这么说。”

“我觉得局里当时对你还是不错嘛。”

“除了你，还有谁对我好？”我开了个无伤大雅的玩笑，“可是呀，你又不是局长，不能提拔我。”

小芳笑了笑，她的笑声挺好听的——怎么说好呢？令人心旷神怡。

我突然觉得我们这样站在街上说话，时间长了会叫人生疑，便对小芳说：“你到哪里去？我好像很久没见过你了，边走边聊吧。”

“你现在主要写什么？”小芳说。

“主要给报纸副刊写稿，短短千把字的，一天写两篇。”

“收入怎么样？”

“还可以吧。”

“你老婆怎么样？”

“还可以。”

“你儿子呢？上初中了吧？”

“还没有，还算是小学生，过几天才中考呢。”

“不是听说要取消中考吗？”

“没有的事，现在学校抓升学率抓得才叫紧呢，小学生一个个累得够戗。”

“是啊，现在当学生真可怜。”小芳叹了一声。

“你最近怎么样？”我说。

“还可以。”

“小吉怎么样？”小吉是小芳的男朋友，我以前在单位里常常跟他下围棋。

“还可以吧。”

“打算什么时候请我喝喜酒？”

“还早呢。”

“到时别忘了。”

“不会的，忘了别人也不会忘了你老何。哎，我说你怎么样啦？脸色好像不是太好？”小芳看着我说。

“昨天熬夜写东西，本来只想写一千字，谁知欲罢不能，就那样写下来，居然写成了一个九千多字的短篇。这时我才发现天都已经亮了，可是人还很兴奋，一个上午都睡不着。本来想吃过午饭就好好睡一觉，可是刚睡一下子，邮局的熟人就打来电话，叫我快去领汇款，不然他们要把汇款单退回去了。”

“你写作就写作嘛，这些杂事就请一个秘书来干嘛。”

“对，我应该请一个秘书，我就请你好了。”

“不胜荣幸。”小芳又笑了起来。我们就这样说说笑笑走到了邮局门口，我知道该是分手的时候了。小芳说：“我到前面有点事。”我说：“有空到我家坐吧。”小芳向我挥了一下手，就向前面走去了。我转身走进邮局，在邮局的柜台前我看到了小吉——嘿，我刚刚跟他的女朋友小芳走了一段路说了许多话呢。小吉也看到了我，跟我打了招呼，我说：“小吉，我刚刚见到小芳呢。”小吉用一种诧异的眼光看着我，说：“老何，你真会开玩笑。”我不明白小吉的意思。柜台里面有人叫小吉输入密码，小吉便背过身去操作。小吉怎么会说我开玩笑呢？我还是不明白。我想问问他，但是他腰间的手机响了，他走到一边接电话。突然间，我全身不由哆嗦了一下，我终于想了起来，去年 12 月底，小芳已经车祸身亡——可是刚才是谁跟我走了那么长的一段路，说了那么多的闲话呢？我感觉到一切变得不确定起来了。

良 好 习 惯

最后，谁都看破了。不再有人到区长接待室或者卫生局或者环保局或者城建局或者文明办或者爱卫会反映情况，也不再有人向电台电视台日报社晚报社“紧急呼吁”，所以那座年久失修粪便满坑已不能再用的老厕所就依然大模大样地敞开门洞，将浓烈的粪臭粪骚源源不断地送往新村的众多人家。

然而有什么办法呢？大家就摆手，就叹气，就淡然处之。新村里没住当大官的，认了吧。有人家住臭水沟边，住厕所改过的破房，咱们住新村，真不坏了。是啊是啊。大家渐渐习惯了老厕所的存在，每天路过时掩紧鼻孔就是了，“前线”人家关紧门窗多洒香水就是了，没那个屁股不要想吃泻药，现实一点。

但是有一天，来了一伙人，个个当官模样，用手帕掩着嘴，对破厕所指指点点，最后还在上面写了个大红漆字：拆。那个“拆”字使新村的居民们为之一振，似乎一下子就闻不到那股味道了，满鼻芳香起来。

大家互相打听，不过谁也弄不明白这是怎么回事。以前拼命向有关方面无关方面告状，可人家不理不睬，当皮球踢来踢去，今天真是奇怪了！

“怪事……”

“莫非当官的发了善心……”

人群里有个嘶哑的声音说：“昨天，有个戴眼镜的搬进我们新村……”

“对，对，就是他！”好几个人发现新星座般朗声宣布。

昨天正好是星期日，一个戴眼镜的瘦高个同妻子搬进了新村。一架工具车装的都是书，当时没人上前跟他打招呼，只有几个好奇的孩子帮着将一捆捆书抬进新居。为什么这人搬来的第二天，立即有人去看厕所并准备“拆”掉？以前费了那么多劲，全都丢进番薯船，白搭了，而他一来就……

“不是一般的人……”

“可能是环保局的……”

“我看很像那个新上任的副市长……”

“肯定是个官，至少是局级以上的……”

大家从不同的角度进行有理有据的分析，脸上充满兴奋与神秘。

这时，那个不同凡响的戴眼镜的神秘人物走了过来。大家都闭住了嘴，敬畏地朝他望着，没等他走到近前就主动让出一条路。

那人向大家点点头，显得不太自在，他的嘴唇蠕动了一下，发出含糊不清的一串音节，好像是说“大家吃饭了”。

“你是环保局的？”有人问。

“……”他礼貌地笑了一笑，像是回答了也像是没听清问题。

“那座该死的烂厕所，我们不知道向上头反映多少次了，就是不来拆……”一个声音充满了激愤。

一个声音补充说：“臭得要死！真让人不习惯！”

“真不习惯，简直忍无可忍！”许多声音补充说。

“是，是，该反映。”那人说，“有的部门太不像话了，官僚主义。”

“现在好了。”大家如遇大救星，欣慰万分地说，“你搬进来第二天，上头就派人准备拆了。”

“你是不是刚上任的副市长？”接着就有人小心翼翼地问。那人眼镜后面的一双小眼睛眨了好几下，不大自然地说，“我是……小学教师……”

啊！小——学——教——师！大家惊讶极了，眼睛互相看来看去，眼光里全是困惑。

“完了，那‘拆’字‘拆’到何年何月？”有人幽幽地说。

大家很失望，各自散去了。

第二天，第三天，第二个月，第三个月，始终没有人再来光顾老厕所，那个大红大红的“拆”字经过风吹雨打，已渐渐模糊，而满坑粪水雨水每天发酵般咕咕作响，骚臭一天比一天浓烈地飘向四方。

但是，现在大家都习惯了，完全习惯真正习惯了，仿佛这是一种良好的习惯。

梦游做贼

马坑村是个群山环抱的小村庄，民风淳朴，一百多户人家和和气气，像是一家人似的。十几年来，马坑村没有发生过一起刑事案件，小偷小摸、口角吵架之类鸡毛蒜皮的事也几乎绝迹。各级部门都对这里的治安状况十分满意，马坑村也引以为荣，但是偏偏有一个马坑村人为此苦恼，常常觉得若有所失，谁?

他就是马坑村治保主任马长林。马长林从部队退伍回到家乡，很想有一番作为，特别是被选为治保主任后，更是想建功立业，大干一场。然而马坑村风平浪静，从来没什么事让他操心，这使得马长林有一种英雄无用武之地的感觉。前不久，他参加了县里的农村治安工作表彰大会，虽然马坑村在会上也受到了表彰，但是因为从没案子，也就没有见义勇为之类的先进事迹，显得不够突出，大会便没安排马坑村到会上作典型发言。听到别的村在会上介绍如何组织群众勇斗进村抢劫的歹徒；怎样调查个别村民小偷小摸行为并严加批评教育，使其改邪归正等等，马长林听得心里的热血呼呼呼直往上涌，心想怎么这等好事全都落到别人头上，马坑村就风平浪静，连一道涟漪都没有呢?

开完会回到家里，马长林几天几夜吃不好睡不踏实，心事重重，竟然变得神情恍惚。这一天上午，村东头的马木洋偶然路过马长林家，进门跟马长林老婆聊了几句，说："真怪，昨晚我放在院子里的一笼小鸡仔被人提走，刚才我却发现它丢在土地庙后头。"马木洋话刚说完，在里屋休息的马长林惊叫一声："你说真的？"便从床上一跃而起，飞跑到马木洋面前，要求他把失窃事件原原本本再讲一遍。马木洋讲了，马长林兴奋得满脸发亮，昨夜巡村的疲惫一扫而光，高兴地说："这下好了这下好了！我们村也有案子了，我一定要迅速调查，弄清真相，抓住那家伙！"

然而，马长林调查了一天，并没什么重大发现。第二天，日头刚刚跃上山冈，村西头的马建火慌慌张张奔进家门，说："我牛栏里的牛绳被人割断，那头刚买的牛不见了！"马长林一听，非常激动，说："走！到现场去！"但是刚走出家门几步，马建火的大儿子迎面跑来，说："牛找到了，在溪边吃草呢。"马长林顿时非常失望。

第三天，终于有一件比较重大的案件发生了，而且发生在马长林的堂兄马长跑身上：他家看门狗被人药死了！马长林很仔细地察看了现场，经过反复分析、推理，像个大侦探似的对马长跑说："药死你的看门狗绝不是作案的目的，这只是作案的第一步。你是全乡的柑橘大户，这几天开始摘柑橘，家里一下子存了这么多东西，犯罪分子一定是冲着柑橘来的，你要加倍小心啊。"马长跑觉得堂弟说得有理，连连点头称是。马长林拍拍胸脯说："不过，你也别怕，有我呢！"

这一天，马长林变得异常兴奋，连饭也不想吃，午觉也不想睡，只想着如何出奇制胜一举抓获犯罪分子，眼前不由浮起他将在明年县里的表彰大会上作典型发言的情景。晚上八点左右，马长林揣上三节电池的手电筒，出发了。他从村东头走到村西头，再从村南边走到村北边，严密地注视着村里的动静。马长林觉得今晚一定会有什么事发生，他已经做好了思想准备，到时将奋不顾身，勇斗歹徒。马长林几次路过堂兄马长跑家里，不厌其烦地告诫他说："疏忽不得，要加强防范啊。"

再说马长跑，原来还很信任村里的治安状况，谁知这几天村里接连出了事，也不敢疏忽大意了，就叫大儿子马三明搬了一张竹床睡在院子的角落里，好好守着院子里存放的几百箱柑橘，约定如有情况，就咳一声，他和二儿子立即冲出房门配合行动。马三明不敢放胆睡，只是迷迷糊糊打着瞌睡。半夜里，他听见院子外头有一阵异样的脚步声，接着院子的门闩被拨开了，有人提着布袋，蹑手蹑脚地走进来。那人走近一箱箱码起来的柑橘，拿起柑橘就往布袋里放。马三明猛喊一声，直扑过去，死死抱住那人。马长跑和二儿子在房间里听到喊声，也立即冲了出来。马长跑手电一照，呆了一下，就很生气，踢了那人一脚说："你怎么回事？""抓贼啊？抓到了吗？"那人愣愣地问。马长跑父子哭笑不得。

原来这人竟是马长林。这个治保主任幻想建功立业，想得走火入魔，便得了梦游症，"亲自"在梦游过程中做起贼来。不用说，这几天马坑村里的案子全是他做的。

邪　　树

村南坡地上斜歪歪地长着一棵老芒果树，好像当初栽种时没精心扶正似的。关于这棵芒果树，听老辈人说，而老辈人听老老辈人说，总而言之几代相传啦，这是棵邪树，果子是千万不能吃的。你要是管不住嘴，把它吃进肚子里去，这下好了，第二天睡醒，你摸摸脑壳看，它就长在你额头中间——一只跟芒果大小的肉果子！

老辈人的话总不会错。

你要是吃错了药说不信，村里辈分最高的大缠公就会语重心长地告诉你：很早以前，也是有个少年家不信老辈人的话，偷偷摘了只熟果，在吃之前为了保险，拼命搓洗了七八遍，皮也削得很干净，可是吃下去，第二天照样长出一只白果子。照样！

老辈人说的话会有错吗？

只是，家里有十二三岁小孩的一些父母被害苦了，他们成天训诫，提防着小孩偷尝禁果。小孩因为无知而无所畏惧，或许单单出于好奇心就敢破忌。这些父母几乎不敢想那一天，他们建议砍掉树算了，不就是一棵邪树吗？但是以大缠公为首的老辈人并不曾从老老辈人那里听说这树可以砍，也不曾听说不可以砍，他们便一起思忖、商榷了七天七夜，最后搬来历书看过罗盘，才下了结论说：虽然是邪树，与村庄的风水却有牵涉，不宜砍伐，应让它自生自灭。

年复一年，老芒果树开花、结果、熟透、掉落、腐烂。那么多年来，村里人熟视无睹不为诱惑，而一茬茬小孩经过老辈人长期不懈的调教也深明大义。他们娶妻、生子，然后严肃认真且不遗余力地调教出又一代听话的小孩。年复一年，老芒果树开花、结果、熟透、掉落、腐烂。

时间到了这年秋天。大缠公在城里念书的孙子小放，考大学没考上，灰头灰脑回到了村里。因为心情烦躁，就爬上了老芒果树。小放看见果子那样饱满诱人，就不相信吃不得，就一口气吃了五只。嘴啃下来的青皮吐在树底下，一簇簇，幽幽地闪晃着青光。

不用说，有人看见了这一幕，立即飞报全村。小放下了树刚进门，大缠公拄着拐杖，颤颤巍巍就迎上来，一手揪住小放的耳朵，怒斥道："老辈人的话，你都听哪儿去了？我看你明天长肉果子！"小放只是哎哟叫痛，不敢争辩。

村里人都说，这下有戏看了，小放这书呆子明天……哼哼！

然而，第二天他们看到小放时，全惊呆了！小放故意用手梳弄了几下头发，又在平坦的额上擦了几把，不屑地撇撇嘴，一副得胜将军的模样。

真是怪了……居然屁事也没有……莫非老辈人的话……这一夜，村里人第一次失眠。

第三天天蒙蒙亮，小放抓了一只麻袋，将芒果一网打尽，踏起脚踏车载到城里去卖。

那袋芒果卖了多少钱，流传着多种说法。村子吵吵嚷嚷，好像翻了天。狗娘养的，他怎没长出肉果子，不说是邪树吗？我怎么不懂得偷尝一只看看，这下让人全摘光了！我早就想过不可能是什么邪树，只不过没想到它真的不是。村里人很懊悔，很失望，很不平。渐渐，七嘴八舌集中到了问题的要害：芒果树不是小放家私有的，他怎能摘去卖钱？

小放说："你们不懂得摘去卖钱，是你们傻。我辛苦半天，卖了钱难道要跟你们平分吗？"

村里人说："树不是你家种的！"

小放说："谁也不知道是谁种的，没人照管它，谁占了就是谁的！"

这什么话，我们又不是没长手脚！村里人义愤填膺，纷纷爬上树，可是一只果子也找不到。我们受老辈人骗了，这下屁也没有了。狗娘养的太不公平了。怒气没处发泄，就死劲地拗、踩，枝枝叶叶断落了一地。最后，有个人干脆拿来斧头，狠狠地砍。砰，砰，砰！干你姥的邪树！邪树！我们太老实，都不懂得果子可以吃，可以卖钱。就是呀，太亏了。你们下来吧，这树干我占啦。砰，砰，砰！

大缠公拄着拐杖赶来时，老芒果树已被砍倒在地。大缠公满脸惨白，哑声叹道："造反了造反了，都不听老辈人的话……"

小放看到树被砍倒，他冷冷地笑了一笑。过了一天他就进城去找工作了。

哑巴的儿子

余英达是个哑巴，可惜了这么好的名字。

他三岁时因为一场热病变成哑巴。没多久，村里的拖拉机翻进山坑，乘客二死十八伤，死的恰恰是他父母亲。余英达咿咿呜呜哭不出声，转眼间成了孤儿。大伯无奈地收养了地，他好歹有一口饭吃，有几块破布遮身。

余英达五岁开始割猪菜、养鸭、放牛、拾粪，十二岁便上山下田，砍柴、采茶、插秧、割禾、晒烤烟，天天都有干不完的活，自然没办法念书。一个哑巴念什么书呢？余英达也不敢奢望。随着年龄的增长，他心里只有一个模糊而强烈的念头：有一天能够开口说话。哪怕只说一句话，让他死也毫无怨言。

村里有些孩子编了歌谣取笑余英达，远远见到他便放开喉咙大喊大叫：

余英达臭哑巴，

臭哑巴余英达……

有一次余英达突然变了脸色，揪过一个孩子，把孩子吓得哇地大哭，而他咿咿呜呜说不出话来，心里鲜血直淌。

大伯病故，余英达也长大成人，就独立出来自己过了。他承包了好几亩茶园，伺候皇帝一样伺候得无微不至。几年下来，卖茶的钱不多不少，也有了好几千，他开始想女人了，他想要是有个女人，日子就更像是日子。可是，谁肯嫁给一个哑巴呢？村里的孩子又编了歌谣取笑他：

余英达骚哑巴，

天天夜里想鸡巴……

余英达听了，却不生气，只是一阵发愣。有人给余英达介绍了一个邻村姑娘，长得还有点样子，只是跟他一样，也是个哑巴。余英达不敢嫌弃，他还怕姑娘嫌弃呢。结果姑娘也不嫌弃他，两人很快就结婚了。

他们又承包了十几亩茶园，还掘了一口塘，哑夫哑妻出入成双，过着一种无声而默契的日子。村里有个孩子很快编了歌谣：

余英达公哑巴，

讨个老婆母哑巴，

生个儿子小哑巴……

那天，余英达听到两三个孩子唱着歌谣，开头两句他没什么反应，听到第三句，他的脸色陡地发青，牙齿上下不停地撞击着，他呜地发出含混的声响，猛冲过去，一手抓住那个为首的孩子的衣领，另一手颤颤抖抖直想狠狠摔下去。最后，他还是忍了，蹲在地上，咿咿呜呜地悲泣，脸上淌满泪水。他想，他是个哑巴，老婆是个哑巴，要是生个孩子还是哑巴，那生孩子还有什么用呢？活着还有什么用呢？

第二年春天，余英达的老婆生了个大胖儿子，很能哭，声音嘹亮，把哑夫哑妻哭得心花怒放。但是，他们心头的阴影渐渐浓重了，儿子一岁了还不会说话！一岁半、两岁、三岁……儿子直到三岁还不会说话，他们流干了眼泪，跌进绝望的深渊。

有一天，三岁的儿子从外面蹦蹦跳跳回来，忽然开口唱起村里日益流行的童谣，声音怪腔怪调的：

余英达公哑巴，

讨个老婆母哑巴，

生个儿子小哑巴……

余英达霎时愣住了，继而明白过来，狂喜异常地搂住儿子，一种巨大的幸福感几乎使他窒息。

儿子能骂爸骂妈骂自己，儿子不是哑巴！余英达流出了一滴硕大的泪。

客 子 娟

客子娟是一个职业哭丧婆。据说现代文明越发达，人就越不会哭。不会哭当然不是什么了不起的事，如果你需要，你可以请人来替你哭。从这个角度来说，哭丧婆是市场经济的产物。

几年前，客子娟刚嫁到我们圩尾街时，说着一口让人听不懂的客家话，细声细气，谁也想不到几年后她号哭起来，竟是那样惊天动地。客子娟的丈夫多年来以赌博为生，有一次赌博时跟人吵嘴，动手将人打瞎了一只眼，便坐了监狱。客子娟本来就是没有任何经济收入的家庭主妇，带着三岁的儿子，这下子陷入了困顿。于是一个深夜里，我们便听到了她的号啕大哭，那哭声类似咏叹调，音域宽广，有一种空谷回音的效果，在圩尾街上空久久回荡。我们圩尾街有个专事殡葬业务的人听了半个晚上，心里十分赞叹，第二天一早就找上门去，介绍客子娟去当哭丧婆。

客子娟第一次出道是在吴科长老爸的葬礼上。只见她身穿白色长裙，从丧乐队后面大步颠出，像一只白色幽灵扑到棺材前的供桌下面，磕了个响头，然后猛地昂起头，一大把束着麻线的长头发刷地向上飞起。她张开嘴巴，呜哇一声，浑厚而又悠长，一下子直贯云天，把所有的听众震得一愣一愣。经过一年多的实践，客子娟逐渐摸索总结了一套哭丧的办法，好像电脑设定某种程序，需要的时候将它输出来就是了，方便、快捷，而且十分实用。一开始，她仰天长号一声，然后扑到供桌下，咚咚咚磕出几个响头，这叫作“呼天抢地”，先定下一个基调；一般说来，这时供桌上会出现一只赏赐的红包。接着，开始絮絮叨叨的哭诉，双眼含泪，凄凄惨惨，抑扬顿挫，这不是休歇，而是酝酿，所以叫作‘积蓄待发’。这个过程不能太长也不能太短，太长丧家、观众注意力容易分散，太短则无法调动他们的情绪。客子娟心想差不多了，便蓦地拔高声音，犹如晴空霹雳，把空气震得四处逃逸，人心也一颤一颤，这就是哭丧的高潮，持续的时间视红包的数目而定。红包多，高潮也就势如破竹，气贯长虹，惊天地泣鬼神。高潮过后，渐渐转入尾声。对客子娟来说，尾声并不意味着草草收场，她总是有足够的耐心，絮絮叨叨哭出一种梦幻般的境界，让人沉浸在缅怀死者的悲伤之中。

客子娟的名气越来越大，如果同一天有多户人家办丧事，要请到她还真不容易呢。请的人多了，赚的钱也就多了，客子娟跟儿子两个人过上了衣食无忧的日子，还能时常给远在千里外监狱里的丈夫寄上一些补品。客子娟打算多赚点钱，安心等丈夫回来，然而，她丈夫不安心改造，有一天越狱逃跑了，半路上因暴力拒捕，被公安人员开枪击毙。消息传到圩尾街，大家心想客子娟这下该是一场大哭了，谁知她只是发呆，无声无息。有好心人对她说，你想哭就哭，别憋在心里难受。她瞪着眼睛，怔怔地说，我哭不出来。一个职业哭丧婆死了丈夫，居然哭不出来，这使我们非常奇怪。但是第二天，客子娟到了顶街一个暴病身亡的老板的葬礼上，一泻千里，哭得死去活来，据说整整赚了八只红包。

该死的助听器

老顾的岳父岳母都是退休的中学教师，老两口住在老城区的一幢老房子里。他们是四十几年的老夫妻了，没什么钓鱼、打牌之类的爱好，最大的“浪漫”就是：每天两人一起上街买菜，然后一起回家，打开电视，一边看着一边闲聊着一边做着家务。老两口当年都是学校里有名的“铁嘴”，你一言我一语，总有说不完的话题。退休八九年来，他们几乎每天都是这么过的，其乐融融。

有一天，老顾来看望他们，发现老岳父和老岳母精神状态都很不错，脸色好，说话底气足，脑子里信息多，对现代社会生活并不太隔膜，可就是耳背，听不清楚对方的说话。比如老岳父说：“你听说了吗，我们原来教研组的老孙头，他孙子在美国拿了博士？”老岳母回答说：“是啊，去年还三千九，今年就降到了三千三。”老岳父又说：“这孩子十来年前还打破我们家一块玻璃，现在都是博士了。”老岳母接着说：“价格战好啊，老百姓实惠。”老顾听到他们的对话根本就是“牛头不对马嘴”，这哪是对话？自言自语嘛。更多的情况是，老岳母不停地说着什么，老岳父一句也听不见。老顾回到家里，跟老婆提起这事，说：“我过几天到杭州出差，给他们每人买一只助听器，省得他们朦朦胧胧半天说不清一句话。”老婆说：“嘿，你还想得真周到。”

老顾从杭州回来，给老岳父老岳母送去了助听器，他们高兴地收下了。但是第二天，老顾就听说老两口吵了一架，心想，怪了，这可是“开天辟地第一回”啊！连忙和老婆跑去看个究竟。

老岳父看到女婿和女儿，沉着脸说：“老婆子不知哪里听来的小道消息特别多，一整天唠叨个不停，我听了心烦。”说着，他摘下了助听器，丢在了茶几上。

老岳母也在房间里赌气，对女儿女婿说：“老头子呀，总爱抓住我的话柄，追根究底。有的事我也是听别人话头话尾说的，也不是很清楚，他就怪我说话不肯说完，存心让他猜谜。”说着，她也摘下了助听器，丢到了桌上。

老顾和老婆分别好言好语跟老岳父、老岳母说了些话，走了。从此之后，他们每天都要来一趟，因为老岳父和老岳母一吵嘴，就会有一方打电话告诉他们。老顾和老婆百思不得其解，老两口原来多和睦啊，现在怎么动不动就“炮声轰轰”？突然，老顾醒悟过来，直奔老岳父家，对他们谎称，公司要收回助听器，进行售后服务检查。老顾拿着助听器回家，老婆不解地说：“他们耳聋得厉害，你还拿回助听器，这下他们怎么办？”老顾笑而不答。

几天过去了，没听说老两口吵嘴，十几天过去了，也没听说老两口吵嘴。老婆终于明白了老顾“没收”助听器的用意：原来都是助听器惹的祸啊。老顾说：“他们早已习惯‘朦胧对话’，你朦胧我朦胧，一下子清晰了，反而不习惯。”他跟老婆到了老岳父家一看，嘿，老岳父和老岳母又回到了从前那种“朦胧”的状态，牛头不对马嘴地搭着话，或者自个儿地说着什么，一派和睦愉悦的景象。

杨海林卷

杨海林，男，江苏作协会员，江苏微型小说学会理事，已出版小小说集《向下开的花朵》《白玉双鱼》《怀念一双手》，童话集《周仓是个大帅哥》《懒鬼的午餐》，童话绘本《想去夏天的雪人》《有人要吃我们啦》等，多篇小说曾被《读者》《青年文摘》《小小说选刊》《微型小说选刊》转载，并收入多种选本。2009 年获冰心儿童图书奖。

露天电影

现在想想，过去看的那些露天电影很多已记不清情节。

但是我记得看电影的一个人。

汪琼。

是我们村里的一个姑娘，人长得很好看，又常年有病，就更好看了。

因为有病，所以生产队里的集体劳动没有她的份。

可能是她闲得实在厉害，她常常一个人在晚上出去看露天电影。

离我们这里不远的地方，有一个知青点，那里，常常放露天电影。

她就去那里看。

在我的姑姑们劳累了一天躺上床打呼噜的时候。

有时我做完作业跑出来撒尿，就看见她瘦瘦的身影，在月亮底下一会儿长一会儿短。

老远，就闻着一股淡淡的香味。

是我们这里卖的那种用来驱蚊子的花露水的香味。

她把它当作香水，搽在脸上，洒在身上，喷在手帕上。

我的父亲不准我的三个姑姑靠近她。

我的父亲常常这样叹着气：唉，这个样子，能不出事吗?

果然就出事了：看电影的时候，跟一个知青钻了玉米地。

她像一枚嫩嫩的玉米穗，被那小子剥了个精光。

传说得有鼻子有眼，好像当时有第三个人在场一样。

现在，我们都知道她是坏女人了。

虽然在一个村，我们看见她的次数更少了。

有时我晚上出来撒尿，莫名的，又看见她的影子：搽着花露水，瘦瘦的身影，在月亮底下一会儿长一会儿短。

很寂寞的一个人。

她的父母跪在她面前：闺女，这样下去，你以后咋嫁人呀？

还是要出去。

那个时候，学习好像并不是件重要的事情。当她的家人来找我父亲商量时（那时，我的父亲是村主任），我的父亲叹口气说：那就让咱家小黑陪着她吧。

小黑，就是我。

这样的一个坏女人，谁愿意陪她呀？

我的父亲给了我一耳光，他又叹口气对我说：总不能让她就这样坏下去吧？叙起辈分来，她也是你姑呢。

在村里，她是从来不和我说话的，也不和我的父亲、母亲、姑姑们说话。要是哪天有露天电影（也不知她是怎么打听到的），她就会在我做作业的窗口摆一朵她掐的野花。

算是暗号吧。

我就得扔下作业本陪着她去。

至少要走出一半的路程，她才开口讲话。

讲她和那个知青的故事。

有时，她也觉得好奇：当时就他们两个人，别人，是怎么知道的呢？

可能，是那个知青说的吧。

说这话时，我发现她是微笑着的，甜蜜多于怨愤。

那个知青，现在我经常见到他了。

看电影，真的只是个幌子。

那个知青给我两颗大白兔奶糖，嘱咐我好好看电影。他们，就没影子了。

有时电影结束好久了，汪琼才来找我。

快到家时，她小声地问我：那糖，好吃吗？

好吃。

她就高兴了，黑暗中抖抖索索地摸，过一会儿，才摸出一个凉冰冰的东西。

是一块被压扁了的大白兔奶糖。

虽然我没说，还是被她的父母知道了。

打折了她的一条腿。

好了以后，她又出来看电影了，胳膊下夹着一根拐棍。

她的父母又一次跪在她面前：就算你不要脸了，我们怎么出去见人啊？

叹一口气，她老老实实待在家里。

喝了一瓶农药。

她死了以后，好像是一下子，村里的姑娘们都迷上了看露天电影。

连我那三个老实巴交的姑姑也各自从电影场上拉回来一个男人做了我的姑夫。

汪琼的坟立在一个河滩上，每次我经过时，我的三个姑姑都不让我说一句话。

向下开的花朵

我的高中是在乡下念的。

虽说不上是百年老校，但至少也是半百了吧。教风严谨，教学成绩却很差。

校长老曹没办法，到高二时，便将每个学生在心里盘算一遍，然后，在文理科的基础上增设了一个综合班。

这个综合班，实际上收留的都是一些害群之马，为了笼络我们，在开设正常科目的同时，还邀请了乡里的农技师来给我们开设了几个劳动技能课——凤尾菇的栽培呀、蜜蜂的饲养呀什么的。

那时还没有职业技术学校，老曹的这个权宜之计竟引起了教育部门的重视。

三天两头地到我们学校来开现场会。

我们的鼻子都气歪了：这个老曹，不是存心拿我们开涮嘛。

这样的课，只有苏紫耘爱上。

苏紫耘和我是同桌，每次上这样的课，我都看见她拿支笔认认真真地做着记录。有时，还主动举起手来提几个这样那样的问题。那架势，好像田间地头的老农。

我们都觉得好笑：这个苏紫耘，是不是脑子进水了？

好在乡里的农技师们也知道这不过是做做样子，没几天，就摆出他们的派头来了，上课，来得也不准时了，即使来了，那课讲得也不认真。

苏紫耘再提问，就常常让他们很为难。

苏紫耘就叹口气。

再后来，苏紫耘也不爱上这样的课了。

一个人，去了操场。

那时流行一首港台歌曲，叫《穿过你的黑发的我的手》，苏紫耘就有那样的一头黑发。

苏紫耘的头发又黑又亮，披开来，像一面镜子，能在她的头发上看见人的影子，而且，这些都不是洗发水护发素呵护下的结果。这样的黑发，难道还没有许多双手想穿过吗？

很长，一直垂到屁股下面。

却被苏紫耘剪了。

剪成个很短的蘑菇头。

原来，苏紫耘找了体育老师，想考体校。

成绩不好，又不甘心回家种地，谁不想考体校啊？

体育老师姓姚，叫姚益香，从淮阴师院体育系刚分配过来，篮球专业的，一心想给他的母校再送进去一个篮球专业的学生，便同意了。

但有个条件，让苏紫耘先颠球，能在一个星期内把球颠得像他一样熟练，就教她。

五天后，我们去操场观看苏紫耘的颠球表演。

苏紫耘静静地站在操场上，眼睛怯怯地看着脚下的杂草。

姚益香从我们中抽了七个平时喜欢打球的学生，然后把口哨一吹，宣布如果这七个人能在半小时内从苏紫耘的手中抢过篮球，发毕业证书时我们的体育成绩肯定是一路绿灯。

再吹一声口哨，比赛开始了。

这时的苏紫耘哪是苏紫耘哟！

苏紫耘在人群中左冲右突，那球在她手中忽高忽低，嘭嘭的响声撞击着我们的耳鼓。我挤在人群中，只觉得苏紫耘身上滚热的气浪向我袭来，转瞬间又无影无踪。

过了十分钟吧，我们一开始的信心都没了。

妥协了。

姚益香怂恿我们再坚持一会儿，说女同学都有个缺点，就是缺乏耐力，没准儿过一会儿她就要主动认输了。

鬼子累得满头大汗，蹲在地上说抢什么抢呀，这篮球就是她苏紫耘生的儿，能让咱沾边儿?

把所有人都逗乐了。

到了高三，所有人都认为苏紫耘考上个淮师体育系已经没有任何问题了，校长老曹甚至婉转地暗示姚益香去他的母校拜访一下。老曹的话说得很绝，他说咱们也不指望那些考官关照什么，但是也不能挨黑枪呀。

文化课是提前考的，歪歪扭扭地，居然被苏紫耘考过去了。

去淮阴师院参加专业考试的前一天，校长老曹特意安排了一场篮球比赛为苏紫耘壮行。苏紫耘作为我们这些差生的榜样早就成了大家瞩目的焦点，所以这个比赛聚集了很多人，有的甚至是从别的学校赶来的。

掌声一直就没停过。

到下半场时，可能是苏紫耘觉得不过瘾，总想表演个高难度动作，后来，她终于逮到一个机会，抱着篮球在空中连翻了两个筋斗，这才将球塞进球篮。

哗——掌声雷动。

就在苏紫耘将要落地的一瞬，她的短裤忽然落了下来，像一朵向下开着的花。

苏紫耘的家里很穷，只和一个奶奶相依为命，哪里买得起球衣呀。平时训练时就一直穿她奶奶给她缝的短裤，可能是平时流汗过多，把里面串着的布条儿泡烂了，一用力，就断了。

全场的人一下子愣住了。

姚益香反应快，顺手扯过一面彩旗，遮住了她裸露的下半身。

苏紫耘的脸白了一会儿，竟艰难地笑了笑。

哗，又是一片掌声。

此后，就没了苏紫耘的身影。

据说，去淮阴师院考试的那天，校长老曹特意买了一身球衣送给她。

那天，苏紫耘很兴奋，考得也很顺利。

姚益香不放心，找了他的一个哥们儿打听，说是绝对没问题，就是有挨黑枪的，那也轮不到她苏紫耘这样的成绩。

考完试的当天晚上，苏紫耘就死了。

回到家上吊死的。

还留下了遗书：我的家里实在太穷，就是考上了，我也上不起呀。

要是这样说，她也没有必要去师院考试呀。

鬼子说。

你放屁！

校长老曹狠狠地骂了他一句。

那张录取通知，后来一直被校长老曹放在学校的陈列室里。

父亲的鱼塘

一开始只是碗大的一块洼地，一下雨，就积了满满当当的水。

是一块废地，正好，又紧挨着我家的自留田，我家有一张渔网，没事时，我父亲常常拎着它出去这儿撒一网那儿撒一网。

吃不完的鱼，就放进去。

真的像一只碗，日头冒一冒，就把里面的水舔干了。

那些鱼，就露出白白的肚皮。

那天，我的父亲大清早就端着个碗出去了。

蹲在这块洼地边呼噜呼噜地喝着碗里的粥。

回来时就咋咋呼呼地吆喝我娘推车。

他要把那块洼地边沿的土推走，再往深里拓一两公尺。

那可是集体的地呀，能行?

行。我父亲的鼻尖上冒着汗珠。

那可不是咱家的地呀，能行?

我父亲本来已经把铁锹扛到肩上了，听了我娘的话，他又回过头来，说：你个老娘儿们瞎吵吵个啥，我跟村长说定了的事，咋会不成呢?

那时是深冬，我父亲刚端个碗出去，村长也跟了来。

两个人圪蹴着呼呼噜噜喝完各自碗中的粥，村长跺跺脚上的霜，说：狗日的梁泉呀，你把前头的那一截路垫高点。

那一截路，夏天的时候被暴雨冲塌了不少，收呀种的很不方便。

从哪儿取土呢?

就从你家自留田前的洼地里。

我父亲就笑了，知道村长是走的哪路棋，但他还是不放心，想让村长亲口说出来：这截路要是垫实在了，至少得五百方土，要这样算，那块洼地不成鱼塘了?

狗日的梁泉呀，难怪人家都说你门槛精得很——你垫好那截路，只要你不跟我要出工费，鱼塘，就归你用。

不要承包费?

就你那鱼塘，一泡尿就尿满了，你能给个一百还是五十?

我父亲就笑：中，那中，承包费你不要，逢年过节，少不了你几条鱼。

那个冬天，我父亲天没亮就吆喝我娘起来，我娘撅着腚在前头拉，我父亲猫着腰搭着车襻推。风嗖嗖地吹，我娘喘口气的当儿，我父亲褂子上的汗就被冻住了，贴着他的肉，怎么扯也扯不下来。

到春天的时候，一场雨下了两天，我父亲挖的鱼塘就满了。我父亲起了个大早，买了十斤鱼苗放下去了。

我父亲还让我写了“梁泉鱼塘，禁止捕捞”的木牌牌，用一根桩连着钉在水里。

老远，看不见他的鱼塘，但是看得见这块木牌牌。

现在，我父亲变得爱下田了，他总是能从刚拔过的自留田里重新拔出一把草，夸张地扔进他的鱼塘。

这样过了好几年，父亲，也许是认为这个鱼塘真是他的了。

换了新村长。

新村长不像老村长一样和我父亲圪蹴在田头呼噜呼噜地喝碗里的粥。

他坐在我父亲端的凳子上，说：老叔呀，你那鱼塘，是要交承包费的。

我父亲说：我和老村长讲妥了的。

那不行，都过去好多年了，大伙都有意见哩。

再说，你们当初也没写合同。

哦，原来是共产党的天下，现在不是了?

我不跟你扯玄，你就说你包不包吧——不包，可是有人想包呀。

我看谁敢!

人家要是签了合同，可就由不得你了呀。

真的有人包，是我父亲的一个对头，叫大眼。

大眼都四十好几了，还是光棍儿一个，他，哪把我父亲放在眼里?

头天下了鱼苗，第二天，就全漂起来了。

是我父亲晚上下的药。

气得大眼当时就拿把刀砍了我家好大一片庄稼。

第二回，包给村西的老万种塘藕。

老万，那可是个老实人呀，我父亲，能跟他计较?

也没长成。

新村长火了。

没人包，我包。

包了，却什么也不敢下。

就那么荒着。

直到出了事。

新村长跟一个小娘儿们进城开房，回来时竟被那小娘儿们的男人碰见了，虽然两个人咬死了口不认账，但哪里经得起那小娘儿们的男人天天闹呀。

就这样，新村长没法干了，像一只讨不到食的狗，软耷耷的尾巴死死地夹在屁子里。

还有心思去过问鱼塘的事?

新村长买了鱼苗，趁黑撒到鱼塘里。

就像跟小娘儿们进城开房一样，还是被人发现了。

很多人拿着鱼竿去钓鱼了。

我弟弟也去钓了一回，回来时鱼竿就被我父亲踩断了。

我父亲泪流满面。

他说：那是咱的鱼塘呀，你小子，咋就那么不记事呢?

少年心事

1993年并不是一个特别的年份，甚至1993年夏天也不是一个特别的季节。

但那年我读高二，并且，结识了一个叫鬼子的死党。

我们的学校在远离城市的一个小镇上，我和鬼子的成绩都不好，每到上晚自习的时候，鬼子便在黑暗中骂班主任二马（冯）：妈妈的，明知道咱高考没指望，放学了，还让咱在这里陪绑，干吗呀？

鬼子就这样骂骂咧咧地领着我从二马老婆开的小熟食店后翻过学校围墙，向一片麦地走去。湿漉漉的空气中满含着麦花的温馨，一种被我们称为“嚓啦鸡”的昆虫在脚下哼哼唧唧，鬼子说，听，多像你写的诗啊。

鬼子这家伙有点嫉妒我，因为，我曾在县报上发表过一首诗，而且，被高二（1）班的韩芸鹃朗诵过。

有一天，我们又翻过学校的围墙，鬼子紧张而神秘地说：今天不去听你的诗朗诵了，咱换个地方。

我问：去哪儿？

鬼子便露出一口白牙，四下里望了望，低声说：看韩芸鹃，你敢不敢？

韩芸鹃不住校，家就在学校附近。每天，我都看见她抱着一大摞书匆匆而来，又抱着一大摞书匆匆而去，但她具体住在哪个村子，我却一点也不知道。

我的头嗡地一响，稍一犹豫，便跟着他钻进墨似的乡间小路。这个计划，鬼子显然酝酿好久，他一会儿跑在我的前面，一会儿又落到我的后面，显得异常兴奋。

走了好一段路，鬼子终于停下来，指着一扇亮着灯光的窗户说：这是韩芸鹃家的后窗，她每天都在这里做作业。

我这才知道鬼子一直暗恋着韩芸鹃。韩芸鹃学习成绩并不好，但会讲普通话。那次联欢晚会，韩芸鹃朗诵了我的那首诗。鬼子非常激愤，回来后差点揍扁我的鼻子。当然，我们还是死党——谁叫韩芸鹃那么喜欢我的诗，谁叫鬼子那么喜欢韩芸鹃！

鬼子让我在一个隐秘的地方等他，而他自己，像一只壁虎似的朝那扇窗户爬去。

回来时，鬼子特意到二马老婆的熟食店里买来一点卤菜和酒犒劳我。

我问：你看见韩芸鹃了？

鬼子说：看见了。

我说：看见了还让你破费，真不好意思。

鬼子先是一愣，后来可能意识到下面没有好话，就要来揍我的鼻子。

我一边招架一边说：本来嘛，天天都见得着她，有什么值得庆贺的。况且，她长得也并不特别。

和我闹了一番，鬼子这才悄悄告诉我，今晚，他看见韩芸鹃洗澡了。

鬼子闭着眼睛，好像很陶醉的样子。过了好一会儿，鬼子才说：真美呀！我让他说详细点，鬼子不肯，鬼子说：韩芸鹃现在已经是我的人了，你小子，不能再打坏主意。

一连几天晚上，鬼子都带着我悄悄来到韩芸鹃的窗口，当然，韩芸鹃是鬼子的专利，他是决不允许我靠近一步的。为了补偿我，鬼子每晚都领我吃二马老婆做的卤猪头。很快，鬼子就捉襟见肘了。

鬼子决定回家拿钱，临走时，很认真地叮嘱我晚上早点睡觉，否则，回来一定揍扁我的鼻子。

可巧，鬼子前脚刚走，学校就召集我们高二（1）班和高二（2）两个文科班上一个大课，是县里一个专家来分析今年高考的试题走向。前排的位置老师作了安排，由尖子生坐，后排，就不问了。神使鬼差地，我看见了韩芸鹃，而且，和她坐在了一起。

起先，韩芸鹃和我都有一点矜持。可能是和我一样觉得无聊，韩芸鹃在纸上悄悄写起了诗——

除夕夜走在回家的路上

有一种久别渐生的眷念

从背后，射中我的心脏

爱情，像一支锐利而忧郁的箭

……

这是我刚刚在县报上发表的一首小诗，我和韩芸鹃相视一笑。

晚自习的时候，我忽然为自己鸣不平：鬼子凭什么不准我靠近韩芸鹃？他只是暗恋韩芸鹃而已，韩芸鹃朗诵过他的诗？韩芸鹃朝他笑过？

我终于违背了自己的诺言，悄悄来到韩芸鹃的窗前。透过玻璃，我发现屋子里并没有人，靠墙的桌子上摆着一本《高中生课外阅读》，再里面，便是一块布帘。由于灯在布帘外面，因此看不见帘内有什么，只隐约传来哗哗的水声。我断定，鬼子说看见韩芸鹃洗澡，大概也是这种情形。

就在这时，我忽然听到身后传来一声咳嗽，有人来了，我撒腿便跑，身后的狗汪汪地狂吠起来，惊醒了整个村子。

第二天，我刚被二马揪下床，消息就传来了，说是韩芸鹃洗澡时被人偷看了，而且不止一次，她窗下的草都被踏平了。

鬼子回来时没揍我的鼻子，却不再和我说话，这事就这样不了了之。

大学毕业好几年，才在南方的一个小城碰到过去的一个同学。她说，韩芸鹃你记得吧，高中毕业又上了一年，不知什么原因，竟和二马有了那种事。二马的女人气不过，竟爽爽快快地和二马离了婚，哎，二马都四十岁啦。

那个同学又说，韩芸鹃出嫁的那天，鬼子一直跪在她家窗下，韩芸鹃连看都不看他一眼。

一个人的死

妻子打电话给我，说要去看一个同学。

在我们这个城市附近的另外一个城市。

我知道她的这个同学是谁。我的妻子在商校上学的时候很贪玩，和她同样贪玩的还有七个。只要是没有课，他们就呼啦一下没了踪影。有时，就是有课他们也照样呼啦一下没了踪影。

老师很头痛，称他们为“八大金刚”。

他们这八个金刚，有五个是女的，我在结婚的时候都见过了，另外的三个是男的，都没来。

我妻子说他们三个是外地的，她没通知。

我见过他们的相片，仅仅从相片上看，他们都是我不喜欢甚至讨厌的那类人。

可能是一种潜意识在作怪吧。

我知道，这三个人，其中的一个是我妻子的初恋。

这三个人，后来有一个搞起了婚外恋，他老婆一气之下打开了煤气阀，和他同归于尽了。

另一个做了一个单位主办会计，贪了一笔不多不少的钱，现在，在一个劳改农场里混日子。

你说说，这都是些什么人。

我妻子在这两个人的相片上画了两个大大的红引号，算是给他们宣判了死刑。

她现在要去看的，是“硕果仅存”的那一个。

在医院里待了快一年，现在回家了。

肝癌。

我妻子的别的几个金刚们都去过了，可能那个同学本来是不想让我妻子知道的，可是那几个金刚中的某一个无意中说漏了嘴，透露了这个消息。

虽然她一直没说，但是我还是想问问。

我说：你要看的这个同学，是不是你的初恋呀？

她愣了一下，说：是的。

我也愣了一下，说：那你去吧。

第二天下午，我正上班的时候，妻子给我打电话，说她回来了。

我说：哦。

她说，她给他做了按摩，他的骨头已经很脆，好像一不小心就会捏断了一样，而且身上已经没有一点肉了，褐色的皮肤松松垮垮地在手腕上晃动。

我说：哦。

回家后，妻子要给我在兰州的弟弟打电话，想让他买点冬虫夏草。

她说她的那个同学现在根本吃不下东西，吃一口，吐一口。

她听人说冬虫夏草能治他的这个病。

我说：哦。

我说：我没听人这样说过，再说，冬虫夏草好像也不是兰州的特产。

咱不就这个弟弟在大城市嘛，或许，他那里有卖的呀。

现在哪个城市的药店能没有冬虫夏草卖？但是我没再说话。也许，她是觉得千里迢迢得来的东西更珍贵吧。

她果然给我弟弟打电话了，说我得一种病，要买点冬虫夏草。

我弟弟当时就吓哭了。

我狠狠地瞪了她一眼，跟弟弟解释说是我单位的一个领导生的病，我是想买点给他滋补一下身子。

我弟弟用特快专递寄来了。

再用特快专递寄给她的同学，估计最多只需要一天。

那个时候，我们的女儿刚得了流感，我们的父母又都不在身边。

可是她还是不管不顾地买了车票去了。

带着我弟弟寄来的包裹。

这次去，她没有在第二天回来。

可能是她的这个同学已经到了最后的几天，又住进了医院。

她去陪护了。

在医院里，她给我打电话，听得出，她的心情很不好，她说：你有过初恋吗？

我说：有，我的初恋就是你。

她叹了口气，说：你真幸福。

她是在一天深夜回来的。

那个时候，早就没有班车了呀。

她说她是打的的。

要花多少钱啦，我说，你明天回来不行呀？

她说不行的。

因为他已经咽气了。

说这话的时候，她显得很平静，手里，握着我给她泡的一杯热茶。

白家茶局

在清江浦，喝茶的地方分两等：茶楼，茶馆。

望月楼、小澄潭、桐荫园这些茶楼，一般只接清江督造船厂购买船料的掮客或者当地的盐商，门脸总是迟迟疑疑地半掩着。有客人上门了，茶倌儿的喏唱得也不洪亮，低得像暗夜里的萤火。客人定好包间，茶倌儿才捧去一壶茶，斟了面前的空杯子，便退出去，在门口轻轻说一声：有事您招呼。

基本上，就没他们什么事了。

要是客人不点茶，上的，一般都是都梁大雨山的"明祖贡春"。这种茶，其实都是些初萌的茶芽，虽甘而清，却不耐泡，两冲之后便如白水，卖得却奇贵。

讲究的，还有水。这些茶楼，每天都要出去买水。这水，都不在清江浦本地。第一等的，是都梁的灵岩寺泉水；第二等的，是第一山的玻璃泉水；第三等的，是龙兴寺枸杞井水。

一般，门厅里都要摆三个绿釉荷花缸，就放这三种水。

现在你知道了吧，茶楼，那是给人谈生意的，摆谱的。

茶馆，那可就热闹了。

光顾的主儿，可以是落魄的文人，摆个"卢仝七碗"，打打茶围；也可以是没落了的官宦士绅，要一壶茶，听个大鼓，唱个清音，就可以消磨半天。甚至，可以在里面抽个鸦片，耍个小钱，招个野妓什么的。

茶局子，那是排不上号的地方。

挣的，都是河工呀、轿夫呀、赶驴拉车呀这些人的钱，自然是什么都不讲究的，能把水烧开了，就行。

录事巷口的自家茶局，就是这样的。

录事巷对面，就是清江满的大闸。从闸上下来的苦力，都要坐下喝茶的。一个钢镚儿掏出来，茶倌儿就可以拎给你半桶。

也有雅间。

雅间，一般只有两张方桌——那是吃“擂茶”充饥的地方。

自家茶局的掌柜叫白元亭，小时候生过大病，长大了，就把个背驼了。

起先是他的娘招呼生意上的事，他只待在一灶四锅的茶炉后面烧水，憋急了，才出来透个气，像个魂儿似的，一晃，又不见了。

后来，也讨了个媳妇。

是个拉野客的妓女。

白元亭的娘死了，他的媳妇就上了前台，倒也把个茶局子拾掇得有条有理。

尤其善做“擂茶”。

“擂茶”，就是将芝麻核桃杏仁莲子等炒熟，有客家点了，当面将这些东西擂碎，以开水冲泡，供客人食用。

别人做“擂茶”碗里少不得要飘浮这些果仁的皮屑，这些皮屑紧紧地包着里面的果仁，谁能把它剥掉哟？

白元亭的老婆却能。

白元亭的老婆将这些果仁剥尽，好像也没刻意地做什么关目，下到屋后的河里，将盛了果仁的箩漂浮在水面上，两只细嫩的小手一搓，就搓掉了那些表皮，然后在水中漾一漾，就漾掉了。

晒干炒熟，老远，就闻着了香味。

生意上的精明，只要别人学不来，就会被传得很玄。

就出了名。

连过去的那些嫖客也来了。

虽然不做过去的行当，也还是有人在她忙得腾不出手的当儿这里那里地摸一把。

只好操起铜勺自卫了。

用铜勺里的热水往人家的身上浇。

也不敢浇开水，表达一个提醒的意思就行了。

白元亭，仍然缩在茶炉后面。

大热的天，竟罩上个厚厚的耳焐子。

别人见他这个样子，胆子，就更大了。

附近店铺的学徒伙计，宁愿穿街过巷多跑腿，也要到自家茶局来冲开水。

这些个生瓜蛋子，图的，还不就是瞧个稀罕？

有一天，来了一群日本兵。

不是喝茶的，他们围着一灶四锅的茶炉转了半天，叽里呱啦地不知说什么。

那个时候，日本人已经进了城，而且，早就成立了维持会，好好的，他们是不敢杀人的。

围了很多人看热闹。

一个日本兵看了看那么多的茶客，忽然笑了笑，爬上灶台，对着那四口锅撒起尿来。

很多人听到了白元亭说的第一句话：畜生，你们都是畜生呀。

一盆沸水，迎面泼了过去。

日本人号叫了一阵，这才腾出手来拔刀。

白元亭，却已经倒在地上。

被自己吓死的。

那个耳焐子，掉在他的脚下，被踩得粉碎。

平平静静埋了白元亭。

平平静静卖了一天茶。

第四天，大生堂药铺的一个伙计来了，冲开水的。

白白瘦瘦的一个后生。

白元亭的老婆笑一笑，给他冲了一壶开水，说：你别忙着走。

白元亭的老婆说：你还是个生瓜蛋子吧，以前，一有客人摸我屁股你就偷偷地看。

现在，我就让你看个够。

掩了门，脱了衣裳。

让他看个够。

看够了，白元亭的老婆穿上一件鲜亮的衣服，又朝他笑了笑。

说，记住了，打鬼子哦。

一转身，就跳进屋后的市河里，死了。

干干净净的市河，再也没人饮用。

茶　庵

庵，就是小寺，不一定非得尼姑居住。

茶庵就是这样：一个巴掌大的小院，栽着五六株枇杷，三间小屋，中间的算是正殿，供一个泥胎，驳落得分辨不出面目，怎么也看不出是哪一尊佛。

老和尚打诳语，他说：你认为是哪一尊佛就把他当作哪一尊佛好了，心中有佛，则眼中就是佛。

想想也是，就把他当作释家如来，或把他当作文殊、普贤，甚至把他当作南海观音，嘿嘿，还真的都像。

香火，自然是不熄的了。

老和尚叫无尘，小和尚叫悟尘。

有时也念几本经，小和尚念得认真，老和尚就不行了，他总是一副睡眠不足的样子，念着念着，口水就流下来了，念着念着，胖胖的脑袋就一下一下地动，点豆子似的，后来就在他的两条细腿间不动了。

睡着了。

小和尚就叹口气，看门外形形色色的人。

茶庵在清江浦最热闹的花街里，像一枚纽扣遗落在一条陋巷的深处，因为安静，就会有憋急了的人沿着石板路一溜小跑地过来，对着那几棵枇杷树撒出一泡清亮亮的尿来。

悟尘就念一声佛。

有时走进院子的是花花绿绿的女子，在不怎么茂密的枇杷叶子中间蹲下来，惶惶急急地露出两片白白的屁股。

悟尘就不吱声了，听到的，是无尘念的一声佛。

悟尘的白脸就红了红，悟尘说：明天您就给我剃度吧。

无尘说：等等呀，剃刀，我还没磨好呢。

无尘说：等等吧，剃度，得请个有名望的法师来呢。

就等吧，等得不耐烦了，就坐在门口看景儿。

和尚不过生日，可是佛是要过生日的。

每年的正月初七、五月初七、七月初七、九月初七，秦月楼的妓女们都要送来果品纸烛，还有施舍的银子，给佛爷做寿。

无尘念一声善哉善哉。

悟尘念一声阿弥陀佛。

惹得红绮咯咯咯地笑。

有一回，红绮又咯咯咯地在茶庵里笑。

笑过之后，外面就下起了大雨。

无尘说：阿弥陀佛，姑娘就不走了吧。

看看天，已经黑下来了；看看雨，好像还没有停下来的意思。

红绮又咯咯咯地笑，说我可是个女人呀，而且，是青楼里的女人，大师不怕我污了你这块净土？

没什么的，心里干净，眼里就干净，眼里一干净，就什么都干净了。

那好吧。

悟尘和无尘挤一挤，他的那厢房，给了红绮住。

悟尘不习惯和无尘挤一张床，下半夜了，还睡不着，一会儿翻一下身，一会儿，又翻一下身。

那个时候，雨已经停了，月亮像个盘子似的贴在窗户纸上。

红绮好像也睡不踏实，一会儿，就传来床铺的一声响，一会儿，又传来床铺的一声响。

你把她送回去吧。

无尘说。

怕是不方便吧？

你戴着我的斗笠吧，别人，不会认出你是个和尚的。

悟尘没接，他，还没剃度呢，其实又有什么不方便的呢?

门呀的一声开了，一会儿，又呀的一声合上了。

无尘从里面闩上门。

我一会儿还回来呢。

悟尘说。

回来再说吧。

两个人走了，没有一点儿声响。

悟尘来敲无尘的窗户，一敲，就把窗户纸上的月亮敲成了明晃晃的太阳。

无尘念了声佛。

来了个有名望的法师。

是要给悟尘剃度的。

可是法师四下里看了看，说：还是不要剃度了吧。

哦?

你们的这个庵，要败落了。

哦。

法师叹口气走了。

无尘对悟尘说：要不你走吧，反正是个走，不如趁早呀。

悟尘说：我再陪陪你。

我不需要人陪的。

那么，等过了九月初七吧，九月初七，是佛的生日。

九月初七，照样有秦月楼的妓女来送果品纸烛，还有施舍的银子。

你是新来的姑娘吧?

无尘问站在他面前的女子。

是呀是呀。

这个女子也咯咯咯地笑。

像红绮一样。

悟尘低低地念一声佛。

念过佛之后，悟尘说：师父呀，我得走了啊。

走吧走吧，你早该走了呀。

我还会来看您的。

悟尘只带了一床被子，就走了。

一年后，悟尘来看师父了。

可是无尘早就坐化了。

现在，这庵里住的是一个年轻的尼姑。

悟尘解下他背着的包袱。

对那个尼姑说：送给你吧。

这床被子，你盖过一晚呢。

你不会忘记了吧？

鬼　手

鬼手是个瞎子，叫商槐。

商槐读书未成大器，眼看到了娶妻生子的年龄，家里人这才慌了神，想让他好歹学一门手艺糊口。商槐说手艺倒是现成的，可惜我治国平天下的抱负，恐怕是难以实现了。

商槐读过很多关于古器物鉴赏方面的书籍，自信凭一双慧眼，谋份差使应是小菜一碟。

家人为他找了一个古玩店，叫怡雅轩。很小，只有一间门脸，意思是让他先练练，是不是真有本事三五个月就看出来了。商槐袖着手在门外看了看，缩着脖子不肯进，嫌寒碜。怡雅轩的老板本来碍于他父亲的面子，有照顾他的意思，没料到商槐不识抬举，就说：先生如有真才实学，何不到聚珍斋见见大世面？

商槐拱拱手说，麻烦先生引荐一下。

怡雅轩的老板想看他的笑话，果真带他去了。到了聚珍斋门口，商槐伸头一望，道：好画呀！

聚珍斋的老板李淳风正和怡雅斋老板寒暄，见商槐是个生脸，便回头看看墙上的立轴说：我也知道这是幅好画，可惜没有题款呀。

没有题款，很难知道作者是谁，卖不出好价钱的。

商槐说：此画粗笔浓墨，略施杂彩，应是五代时徐熙的“落墨花”笔法。

这种笔法，后世模仿者颇多，然而无一人能形神俱足。此画风格清逸，野趣横生，应是徐熙真迹无疑。

怡雅斋的老板撇撇嘴说：这些话我们都会讲，关键是如何找到证据。

商槐便不言语，又看了一会儿，才指着一处污渍说：这下面隐藏有徐熙的钤印。

哦？李淳风伸过头去细细辨别，果真发现那处污渍下面有一点赭红，却不能断定是否真的是钤印。

这好办，用火烧。

烧？

对，唯有火才能焚去污渍。商槐从怀中掏出一个大腹长颈的瓶子，倒出一点红色粉末摊在画上反复揉搓，直到完全渗入污渍之中，才拍拍手说：烧吧，烧坏了，我赔。

李淳风战战兢兢地划了根火柴，就有一点靛蓝的火苗蹿出，像纸上长出的一朵花。过了一会儿，污渍褪净，果真露出一块钤印，竟是“臣徐熙印”。

商槐在聚珍轩做了二十年掌柜师傅。1923年，替李淳风收了一件彝器，断定是周代礼器，后来被天津一玩家以十倍的价钱买走。

李淳风请商槐喝酒，酒至半酣，商槐忽然说：李兄啊，我看走眼了呀，那件彝器，其实是个赝品。

李淳风一愣。

商槐说：铜器入土千年，它的颜色应是随着时间的变化而变化，午时翠润欲滴，子时稍淡。我早就知道的。

李淳风问：那你为何又收下了？

商槐说：那个人是革命党，我想帮帮他。

李淳风安慰道：纵然是赝品，不是也卖了个好价钱吗？先生不必自责了。

商槐说：我和你不同呀，你是生意人，只要能挣钱，眼中并没有真假。我就不同了，我是把它当一门学问啊，我玷污了它，我得谢罪。

竟刺瞎了一双眼睛。

从此闭门不出，偶尔有人请他鉴别古董，商槐便以手扪之。商槐说这样好，能与造物之人神交，鉴别这一行，眼睛是最没用的东西。经他这双手鉴定过的东西，竟从未出过差错，因此，有人送给他一个“鬼手”的雅号。

这一年年底，清江浦来了两个日本人，带了一只瓷瓶请商槐鉴别，釉水棕眼，沙底铁足。商槐抚摩再四，叹息道：画是真的，瓶是伪造的。

日本人不相信。

商槐说瓶上的这幅画是倪云林的山水小品不假，但不是直接绘在瓶胎上的，而是先烧制了假瓶，再在瓶身贴上画，涂上药液，使画中颜料渗透到瓶体，再涂釉烧制而成。商槐随手从床下摸出一只瓷瓶说：这种货色，我家里还有，你们看，是不是一模一样？

日本人弄不清真假，却又有些疑惑，奸笑着说：既然都是假的，留着便没有意义了。

一挥手，将两个瓶子全都打碎。

日本人走后，商槐对将他们带来的李淳风说：两个瓶子都是国宝，我是不忍心落入外人之手，才这么说的呀！

李淳风说：你好糊涂呀，纵然落入敌手，我们还能夺回来，现在成了碎瓷片，可是一点办法也没有了。

整整一个月，商槐闭门不出。

年根岁末，李淳风去拜访商槐，却发现商槐已溘然长逝。

身边，摆着两只古瓶，没有一丝裂痕。

再看，竟是被日本人毁坏的那两只。

茧　　扇

过去，清江浦的士大夫们用的是鹤翅扇。做这样的扇子，一般要将活的仙鹤抓来固定好形制，然后将整个翅膀割下风干。这样的扇子拿在手里，可就是轻风四散、泠泠自凉了，据说，还可以避邪呢。

大户人家的小姐们，用的是一种茧扇。

要做这样的一把扇子，须先摘一种白葚的叶子喂养十数只蚕，等到它们的身体发亮时纳入事先准备好的银盘里，蚕就会在盘中往来吐丝，丝尽而止，出其茧粘成团扇，光洁匀密，可谓神功。

大小姐赵秉的茧扇则更为特别，她给其中的一条蚕喂了朱砂。

这条蚕就吐出了红色的丝。

在她的扇面上画出一树梅花。

一次庙会时，她就拿着这把扇子溜达去了。

惊倒了一街的人。

有个道士模样的人就叹了一口气，说这样的东西，哪是凡人能轻易得到的呀。

也许会有灾的吧。

能有什么灾呀，清江浦，那可是个喜欢花钱人待的地方，什么东西，都是越讲究越好，越精致越好，挥霍得越是让人触目惊心越好。

这样的扇子，赵家可就将它当作一件宝贝了。

收在密室里，连大小姐赵秉也没再看到。

但是消息还是很快传出去了。

先是本家的几个太太小姐们过来，要学一学她用朱砂喂蚕的手艺。

赵秉的母亲笑眯眯地陪在旁边，一谈到关键的地方，她就接过话头儿岔到别的地方去了。

想想也是，虽然这是个解闷儿玩的手艺，可毕竟也是费了多少心思的，哪能说教给人就教给人呢？

一个拿鹤翅扇的书生来了。

说是看中了赵秉小姐。

赵秉的父亲权衡来权衡去，比较了双方的容貌，比较了双方的家财，比较了双方的家庭地位，最后，他得出了一个结论：

这个拿鹤翅扇的书生，是冲着赵秉做茧扇的手艺来的。

他关照赵秉一定要守住用朱砂喂蚕的秘密，一直到这个书生把她娶进门。

娶进门又怎么样，就是生了子，不还有被休了的可能吗？

唔，说得也是，反正，你这门手艺是不能传给任何人的。

你想想，多郁闷呀。

还不如当初不做那把茧扇呢。

孩子呀，你可千万别这样想，这是老天爷没给你和别人一样的命。

虽然没问她是怎么喂蚕儿吃朱砂的事，那个拿鹤翅扇的书生还来。

赵秉可是真的爱上他了。

可是他爱我吗？

不会是真的爱我的那个手艺吧？

书生只是笑，什么也不说。

终于结了婚。

终于生了子。

可是又能怎样呢？

那把茧扇可是一直在她陪嫁的箱子里藏着，连她自己也不敢拿出来看。

过去了许多年。

书生做了个冷官。

老死在任上。

儿子又做了官。

却被人诬陷，下进了死牢。

家里实在是拿不出像样的东西出来打点一下了。

儿媳想起了她的那把茧扇。

娘，就把您那把茧扇送出去吧。

唉，那可是娘的一块心病呀。

送出去也好。

送出去，娘，就不用烦心了。

赵秉拿出一把钥匙，说：你去取吧。

娘，不想看见它了。

哆哆嗦嗦地拿出来。

都被虫蛀烂了，只余下一根竹骨。

儿媳潸然泪下。

娘，您可要救救您儿子呀。

您可要教我朱砂喂蚕的方儿呀。

好吧，你找些蚕来，明天，我就教你。

赵秉一下子觉得轻松了。

轻松得好像一点力气也没有了。

当天夜里，赵秉拾掇得干干净净，一根麻绳，把自己吊死在梁上。

她只留给儿媳一纸喂蚕的方儿。

哈哈，我可不想一辈子守着这个秘密。

儿媳一把扯了那张方儿。

满天，都是飞飞扬扬的纸屑。

泥　佛

故事里的故事：泥佛要过一条河。

那条河水流湍急呀，又宽，宽得都望不到边呢。

泥佛住在河这边的庙里。很多时候，风呀呀地吹开老旧了的门，泥佛就睁开落满灰尘的眼，朝河对岸看一下，又看一下，泥佛就流泪了。他，自从被那个孤独的塑匠在河滩上塑出来，眼睛就望着河对岸，可是他又看见什么了呢？

看了这么些年，直看到老眼昏花了，唉，什么也没看到。

好在他从来不说话，别人就以为肯定是看到什么了，他之所以不说，其实，是想暗示点什么，只不过没人参得透罢了，或者，因为每个人心境的不同，参得的结果也不相同罢了。

风又呀呀地吹来，替他掩上了门。

年轻时的遐想，一不留神，又跑出来了。有好几次，让他恍然觉得那就是对岸的真实场面：没有人，只有一蓬一蓬的蒿草，一只只红眼睛的兔子跑来跑去。

唉，也不知道它们为什么整天红着眼睛。

夏天的时候，常常有附近的人跑到河里纳凉，先是小孩子，光着个腚在浅水里扑腾。

没出过事，从来没出过事。

都说这是个管事的佛，替他们拦着河里的水鬼呢。

女人们也来了。

女人们撵走那些光屁股的小孩子，象征性地找个地方避一避，脱去那些花花绿绿的小衣裳，静静地蹲在水里。

光溜溜的身体一边吸着水里的凉气，一边剥着蚕豆呀，摘着芹菜叶呀什么的，然后，扒开河边的一蓬芦苇，放到一个高坎上，大着声音喊自家的男人拎回去。

男人们来了，往往赖着不走，一心要和水里的女人们浪个够。

这个时候，没人注意庙里的佛。

佛这时是笑着的。他认为，这就是俗世的生活呀。

俗世的生活，也该有俗世的快乐。

男人们是晚上来泡澡。

劳累了一天，在水里一泡，身体里的乏，就被河水吸走了。

一边泡着澡，嘴里还谈着点什么。

谈寡妇潘思凡。

都以为寡妇潘思凡是被淹死了的。

潘思凡四十多岁了，她的绣了鸳鸯戏水的粉红色肚兜儿，几天前就挂在一棵低矮的芦苇上，风一吹，那两只鸳鸯一漾一漾的，好像，正一点一点地往河里游。

没有人埋怨泥佛，但泥佛觉得很惭愧，受一方香火，他没保得一方平安哪。

但泥佛知道，那个潘思凡，是在一个夜晚跟一个男人走的。

那个男人先是砍了几棵树做成一张筏。

也不知和潘思凡（一提到这个名字，泥佛就有些不耐烦：你又不是天上的仙姑，思什么凡呀）在芦苇丛中做了些什么，最后，他们上了木筏，向对岸去了。

泥佛认识那个男人，就是塑他的那个塑匠呀。

河对岸有什么呀？

难道不是一蓬蓬蒿草？难道没有一只只红眼睛的兔子满地乱跑？

——难道，是一个幸福的所在？

泥佛打定主意，要去验证一下。

风又呀呀地推开门。

泥佛抖落满身尘埃，走了出来。

他要涉水过河。

他度得了别人，难道度不了自己？

他摆平了自己的心态，他要像一个凡人一样涉水过去。

他踩着脚下的淤泥，软软的，让他想起俗世的那些馒头。

一会儿，凉凉的水就漫过他的头顶。

他叹了口气，毕竟自己不是俗世的人呀，要不，怎么不需要呼吸呢？

他又叹了口气，因为不是俗世里的人，他的身子已经被水泡得发软，可能，那些鱼儿误把他当作俗世的馒头了，一会儿，来啄一下，一会儿，又来啄一下。他真想在水底躺下来，水底安安静静，除了提防那些馋嘴的鱼儿，别的，什么也不要想。

若干天后，他像一个心事重重的人一样坐在对岸的石码头上。

他的灵魂已经从泥胎里飞升，由风带着在大街小巷转悠。

河对岸，也是个俗世呀。

他不知道他的泥身已经被人们发现。

哪来的泥巴呀？人们站在石码头上议论纷纷。

人群中站着塑匠和他的女人潘思凡。

让我们把它塑成一尊佛吧！

佛？佛是什么呀？

佛就是人的希望。潘思凡拎着个菜篮子微笑着说。

那时，塑匠已经开始整理这坨泥了。

碾 玉 的

讲究的玉工都喜欢说自己就是个碾玉的。

碾玉，那可是个不容易的活计：刀，要选上等的菊花钢锻造，阔五分，厚三分，刀口，还得自己手磨。

谛视良久，方敢以刀凑石，纯用腕力，一边刻，一边在旁边置一砺石，时时磨刀，使其坚利。如果一刀不入，最多再镌一刀，如果再无玉屑泛起，则再好的玉在他这里也成废玉了。

可别糟蹋了这块玉呀，赶紧，送给比自己手艺好的碾玉师傅吧。

也有人不这样做，他们有一种秘术，先把玉石锯成毛坯，然后放入一种药液里浸泡，一般要数天吧。这样，玉材就会像豆腐一样松软了，你想想，在这样的玉材上走刀镂刻，那还不是随心所欲？

做成的活儿，再放入木贼草汁里煮，好了，玉石又可以还原成先前的硬度了。

韩玉汝看不上这样的方法，因为他认定自己就是个碾玉的——一个碾玉的师傅，是不屑用这样的手段谋生的。

而且，他认为用这样的方式去对付一块玉，那是对玉的亵渎，会让玉失去灵性。

玉，是有灵性的呀，如果没有灵性，就成石头了。

眼中有玉，心中有玉，手中，才能有玉。

发现一块玉，韩玉汝总是先放在手中把玩，直到闭上眼也能分得清它的脉络了，好了，养玉的这道工序，算是完成了。

眼前，才有个玉雕成后的轮廓。

第二步，育玉。

育玉，可就不简单了。

接韩玉汝的说法，得让玉和人产生默契，让玉对人有信心，知道人是为它好，想让它以最好的方式存在这世上。

反过来，碾玉的人，也要让玉传递给他自己的质地和脾性，知道哪儿可以下刀，哪儿不可以下刀，哪儿可以冲，哪儿可以切，哪儿可以镟，哪儿可以剞。

人玉合一了。

接下来，才能植玉。

植玉，就是碾玉。

这些，都是师傅教给他的。

几十年了，无一不爽。

有人送来两块玉。

各长一尺五寸。

是两块奇玉，有香味，很远的地方都闻得着。

以手抚之，香味更加浓郁。

一圆一方，光彩凝冷。

韩玉汝说：此乃一龙玉一虎玉，圆者为龙所宝，生于水中，若投于水，必有虹霓出现；方者为虎所宝，生于岩谷山林，击之当有虎啸之声。

那么，就请您把它们碾成盘螭和辟邪吧。

韩玉汝说：我试试吧。这样的玉，你给别人碾，我还不放心呢。

养玉。

育玉。

可是，一拿起刀，他的手就嗦嗦地抖。

眼中有其形，心中有其影。

一拿起刀，就像要往自己身上冲、切、镟、剞。

这样也没错。

错的，是自己每次都有一种愉悦的感觉，不像现在，刀一握在手中，浑身就旮旮旯旯地疼。

看来，还是自己道行不够。

韩玉汝决定去找师傅。

师傅好多年不做碾玉的手艺了。

师傅说：此乃一龙玉一虎玉，圆者为龙所宝，生于水中，若投于水，必有虹霓出现；方者为虎所宝，生于岩谷山林，击之当有虎啸之声。

那么，就请您把它们碾成盘螭和辟邪吧。

你为什么不自己试试？

我？

我……

我没有信心呀。

你连自己都不相信，怎么可以相信我呢？

连自己都不相信，不配相信别人。

那两块玉，被师傅扔在地上。

各碎了好大的一截。

韩玉汝捡起来一看，正好是盘螭和辟邪的毛坯。

韩玉汝哈哈大笑，回来后将这两块玉碾成成品。

成为绝品。

从此不再碾玉。